C000176165

GABRIEL LAMBERT

Paru dans Le Livre de Poche :

LE COMTE DE MONTE-CRISTO (2 vol.)

PAULINE

LA REINE MARGOT

LES TROIS MOUSQUETAIRES

LE VICOMTE DE BRAGELONNE (2 vol.)

VINGT ANS APRÈS

ALEXANDRE DUMAS

Gabriel Lambert

ÉDITION ÉTABLIE, PRÉSENTÉE ET COMMENTÉE
PAR ANNE-MARIE CALLET-BIANCO

LE LIVRE DE POCHE
Classiques

Maître de conférences à l'université d'Angers, Anne-Marie Callet-Bianco a publié plusieurs éditions de romans d'Alexandre Dumas.

ISBN : 978-2-253-08880-6 – 1re publication LGF

PRÉFACE

Dans la vie de Dumas, 1844 est l'année faste par excellence, celle qui voit le triomphe romanesque d'un écrivain dans la force de l'âge, d'abord célèbre grâce au théâtre. C'est une deuxième consécration : la première a eu lieu quelque quinze ans plus tôt, avec les succès d'*Henri III et sa Cour* (1829) et d'*Antony* (1831). Du jour au lendemain, le jeune dramaturge est devenu un auteur en vue. Mais la période de splendeur du théâtre romantique couvre à peine une douzaine d'années. Dumas se diversifie, s'adonne aux récits de voyages – qu'il publie dans la presse – et se consacre également à un projet déjà caressé depuis longtemps, celui de mettre en romans l'histoire de France. En 1838, il rencontre celui qui va devenir son collaborateur attitré, Auguste Maquet, dont le renfort lui permet de décupler sa production. Avec *Le Chevalier d'Harmental* (1841-1842) commence une glorieuse décennie qui verra naître les titres les plus connus. Collaborant à de nombreux journaux (*La Presse* et *Le Siècle* essentiellement, mais aussi *La Mode*, *L'Artiste*, *La Revue de Paris*), Dumas se démultiplie littéralement. C'est ainsi que *Gabriel Lambert* (écrit par Dumas seul) paraît du 15 mars au 1er mai dans *La Chronique*, au même moment que *Les Trois Mousquetaires*, qui débute le 14 mars dans *La Presse* (jusqu'au 11 juillet).

D'Artagnan contre Gabriel ? Les deux héros sont antithétiques, les deux œuvres aussi : d'un côté, le premier volet d'une trilogie historique ; de l'autre, un roman bref, isolé et contemporain, qui fléchit devant une telle concurrence. Et il est impossible de ne pas évoquer non plus l'autre grand monument de cette féconde année 1844, *Le Comte de Monte-Cristo*, qui démarre en août et tiendra en haleine les lecteurs du *Journal des débats* jusqu'en janvier 1846. Ce voisinage écrasant constitue sans doute le grand problème de *Gabriel Lambert* et explique pourquoi il n'a pas eu le destin qu'il méritait. Entre l'épopée de l'amitié et le roman du surhomme, l'histoire d'un anti-héros peine à trouver sa place.

Si pourtant, en sortant de cette perspective, on replace *Gabriel Lambert* dans les incursions de Dumas dans le genre contemporain, force est de lui reconnaître un incontestable intérêt. *Pauline*, en 1838, avait constitué une étape importante, à mi-chemin entre le gothique et la modernité romantique. *Amaury* et *Fernande*, en 1843, témoignent de la persistance de l'attention du romancier pour son époque. De *Gabriel Lambert*, chargé d'implications beaucoup plus personnelles, on peut dire qu'il fonctionne comme un laboratoire où se mettent en place d'importants éléments de la poétique dumasienne. Ses ramifications s'étendent jusqu'au *Comte de Monte-Cristo*, tout proche, et jusqu'aux *Mohicans de Paris* (1854-1859). Exploitant une thématique en vogue (duel, suicide, bâtardise sociale), il se distingue par deux traits essentiels : c'est un roman de l'échec et le drame d'un raté.

Un ensemble composite

Curieusement, ce maillon capital est présenté comme le fruit d'un heureux hasard ; s'il faut en croire

Dumas (mais il faut se méfier des reconstitutions *a posteriori*), tout commence en 1835 par une panne d'écriture, due au décalage entre un projet littéraire (un roman historique, *Le Capitaine Paul*) et le sublime panorama qu'offre la rade de Toulon. L'atmosphère commande une œuvre quasi métaphysique, mettant en scène « de beaux anges » ou « des démons proscrits et railleurs » (chapitre I, p. 32), entreprise reconnue comme impossible par l'écrivain, qui resterait définitivement bredouille sans une circonstance fortuite : le commandant du port met à sa disposition un équipage de forçats qui vont le ramener « de l'idéal à la réalité » (chapitre I, p. 35). Voilà donc quelle serait la genèse plus qu'aléatoire de *Gabriel Lambert*, concrétisant la revanche du monde réel sur le monde rêvé. Aux antipodes des monuments poétiques que pourraient inspirer les beautés de la Méditerranée, c'est un drame à vocation réaliste traduisant la volonté d'être soi-même d'un romancier qui, admettant n'être « ni Dante, ni Milton, ni Goethe » (chapitre I, p. 33), définit sa manière propre et explore des voies nouvelles.

Cette œuvre hybride et inclassable, à l'image de son héros, démarre comme un récit autobiographique tournant au roman, procédé courant chez Dumas[1], qui, en se présentant comme le narrateur, pense doter son histoire d'une caution irréfutable. En séjour à Toulon, il reconnaît dans un bagnard un homme qu'il pense avoir rencontré « dans le monde » (chapitre II, p. 45) sous une autre identité. Ayant appris ce nom par le prisonnier lui-même, il se rappelle les circonstances qui l'ont fait assister, quelques années plus tôt, au duel opposant ce mystérieux vicomte de Faverne à un de ses amis. Mais un important morceau du puzzle lui manque.

1. Le premier chapitre de *Pauline* remplit la même fonction.

Le docteur Fabien, qui a soigné le jeune homme après le duel, prend alors le relais de la narration par le biais d'un journal ; il rapporte entre autres le témoignage de la fiancée abandonnée par Faverne, qui révèle la vérité : le vicomte s'appelle en réalité Gabriel Lambert et n'est qu'un faussaire. Le journal s'interrompt après avoir relaté l'arrestation de Lambert, sa condamnation à mort puis la commutation de sa peine en travaux forcés à perpétuité. L'énigme est résolue, mais tout n'est pas fini : en guise de conclusion, le narrateur/Dumas retranscrit la lettre que lui adresse un forçat – elle lui apprend le suicide de Gabriel Lambert, événement ensuite enregistré dans un procès-verbal signé par le surveillant du bagne.

Ce mélange des genres et des styles est tout à fait caractéristique de la presse, qui devient dans ces années 1830-1840 le point de rencontre entre la littérature et l'actualité. Les deux se contaminent mutuellement ; entre la fiction et la rubrique d'information, la frontière est souvent poreuse[1]. Pour un journaliste obscur, passer à la fiction est une promotion très attendue. Pour un littérateur en vogue, comme Dumas, donner à une nouvelle un caractère quasi documentaire lui confère un statut d'authenticité indéniable et permet quelques clins d'œil ; Dumas a d'ailleurs livré à de nombreux périodiques des textes présentés comme non fictionnels, dont ses divers souvenirs de voyages. Il est donc logique qu'il continue dans cette voie, au moins au départ, se mette en scène, fasse la promotion de ses œuvres, évoque son ami le peintre Jadin, compagnon du voyage en Italie et en Sicile (1835-1836). Jusque-là, le narrateur et l'auteur coïncident. Mais l'élément déclencheur

1. Voir à ce sujet Marie-Ève Thérenty, *Mosaïques. Être écrivain entre presse et roman*, IIe partie. (Les références complètes des ouvrages cités figurent dans la Bibliographie, p. 247-249.)

(la rencontre avec le forçat) est le fruit d'une première transformation du réel. Dans le récit autobiographique intitulé *Une année à Florence* (1840), il est bien fait mention d'un tel épisode, mais le personnage n'a aucun point commun avec le héros du roman : le prisonnier est un homme de condition modeste dont l'identité ne soulève aucun mystère. On est là à la ligne de démarcation entre l'autobiographie (remaniée) et le roman.

L'entrée dans la fiction pure se produit à partir du chapitre III, qui entame une rétrospection ; cette mutation générique se traduit par le changement de statut du narrateur. Environné de personnages fictifs (Olivier d'Hornoy et Alfred de Nerval, le héros de *Pauline*), il en devient un lui aussi (même si le Dumas réel a bien assisté à la représentation de *Robert le Diable*). D'acteur d'une rencontre, il n'est plus que témoin et support d'une énonciation qu'il abandonne d'ailleurs sans cesse à d'autres : avec le journal du docteur Fabien, la lettre du forçat Rossignol, le procès-verbal du surveillant, il se présente comme un simple *copiste*, assembleur de pièces à conviction, selon la formule sacramentelle : « Je copie littéralement, sans rien changer […] » (chapitre VI, p. 74). Mais les apparences sont trompeuses, et l'effacement, signe de maîtrise : il s'agit en fait d'une narration complexe et travaillée, utilisant la technique du récit rapporté, déjà expérimentée dans *Pauline*. La pluralité des narrateurs permet de varier les points de vue, et surtout les tons : vivacité de l'auteur de nombreuses *Impressions de voyage*, gravité et pessimisme du médecin, pathétique de la jeune fiancée trahie, bouffonnerie du bagnard Rossignol, et style administratif du procès-verbal. Quant à la chute désinvolte de la fin, elle apparente le roman à une nouvelle ou à un fait divers – une affaire classée.

Morcelée et rétrospective, la narration se présente comme une juxtaposition de pièces du dossier, dans la logique journalistique, qui multiplie les références au réel. Cet effet est d'autant plus fort que le roman, portant sur une actualité relativement proche (treize ans au plus séparent le temps de l'action de celui de l'écriture), insiste sur des éléments connus du lecteur de 1844 : la représentation de *Robert le Diable*, le duel Roqueplan-Gallois… Les personnages réels, quand ils ont une dimension publique, sont désignés par une initiale ; le roi n'est pas nommé, comme si un souci de confidentialité et de bienséance commandait ce choix. Tout est donc mis en œuvre pour que *Gabriel Lambert* fasse l'objet d'une perception ambiguë : roman, certes, mais aussi fait divers, fait de société, ce qui traduit une hésitation entre la fonction informative et la fonction poétique de l'écriture.

Une silhouette à décoder

Ce parti pris se ressent dans le traitement du personnage central, toujours décrit de l'extérieur par le témoignage des autres, ce qui fait de lui une *silhouette*, support d'une étude de mœurs contemporaines. Jusque dans les difficultés qu'elle rencontre, la description reflète une question omniprésente : les individus sont-ils déchiffrables ? Les apparences sont-elles fiables ? En cela, elle relaie les interrogations des contemporains, ainsi que leur intérêt pour l'observation et l'analyse sociales.

Si le personnage ne pratique pas l'introspection, il offre en revanche un ensemble de signes à décoder. Nom, détails physiques, accessoires : tout révèle à l'observateur attentif (narrateur, lecteur) un hiatus entre l'être et le paraître ; Gabriel est placé sous le signe de la discordance. Que le titre reprenne son nom complet est significatif à plusieurs égards. Le simple prénom

(*Amaury, Ascanio*) indiquerait une forte intimité avec le héros. *Gabriel Lambert*, à l'allure plus officielle, est en soi un oxymore – prénom angélique, nom prosaïque – traduisant la double nature du personnage. L'identité d'emprunt (vicomte de Faverne) illustre des prétentions aristocratiques trahies par l'étymologie, Faverne renvoyant irrésistiblement au latin *faber* (« artisan, fabricant »). Il est difficile de signaler plus nettement une identité fabriquée.

L'entrée en scène se fait de manière problématique. Dans la galerie de portraits des héros dumasiens, Gabriel Lambert détonne tant il prend le contre-pied de ses frères de papier, aisément identifiables grâce à d'infaillibles signes d'élection. Ils sont souvent résumés « d'un trait de plume » – ainsi d'Artagnan, « Don Quichotte à dix-huit ans[1] » – ou présentés en pleine action – comme Dantès à la manœuvre du *Pharaon*, qui montre « cet air de calme et de résolution particulier aux hommes habitués depuis leur enfance à lutter avec le danger[2] ». Au-delà de leurs divers mérites, ces héros ont la caractéristique enviable de retenir l'attention. Rien de tel chez Gabriel, qui décourage la description : « C'était un homme de vingt-huit à trente ans à peine ; au contraire de ses voisins, [...] lui avait un de ces visages effacés dont, à une certaine distance, on ne distingue aucun trait » (chapitre I, p. 38-39).

Le personnage ne laisse aucune prise au regard : barbe « rare et d'une couleur fausse », yeux sans « aucune expression », corps sans « aucune énergie physique » (chapitre I, p. 39)... Mais, dans une optique physiognomonique, ce portrait en négatif recèle de précieux indices. On sait que cette théorie, définie par Johann Kaspar Lavater, qui prétend établir des concordances entre

1. *Les Trois Mousquetaires*, chap. I. 2. *Le Comte de Monte-Cristo*, chap. I.

apparence physique et profil psychologique[1], connaît une grande faveur au XIXe siècle, comme la phrénologie de Franz Gall, qui s'appuie sur l'observation de la forme du crâne pour déceler les tendances et les aptitudes des individus. Dans un esprit très proche, le médecin Hubert Lauvergne (ami de Dumas) publie en 1841 un ouvrage intitulé *Les Forçats considérés sous le rapport physiologique, moral et intellectuel, observés au bagne de Toulon.* L'influence de ces pseudo-sciences ne se limite pas au corps médical et se fait sentir chez de nombreux romanciers, Balzac notamment[2]. Ici, les caractéristiques physiques du personnage sont interprétées par le narrateur comme une tendance appuyée à la paresse. Pour le lecteur d'aujourd'hui, qui n'adhère plus à de telles théories, cette notation fait néanmoins fonction d'indice fiable et lui révèle que Gabriel Lambert, malgré son statut central, n'est pas un héros au sens classique du terme, c'est-à-dire une nature d'élite dotée de qualités dépassant le commun des mortels. On notera cependant que Dumas fait un usage mesuré de ces sciences en vogue. Alors que Lavater reconnaît sans hésiter une « mauvaise nature » et que Lauvergne décèle chez les faussaires une « bosse de l'imitation », ici la description met surtout en évidence le caractère indéfinissable du personnage ; Gabriel n'a pas une tête de brigand, c'est plutôt un « passe-muraille ».

La description est complétée quelques chapitres plus loin par le docteur Fabien, dont le jugement s'oriente vers l'observation sociale autant que morale. Le personnage est « un composé d'anomalies » (chapitre VIII, p. 85), chez qui les caractéristiques physiques démentent

1. L'ouvrage du Suisse Lavater est traduit en français en 1820 et paraît sous le titre *L'Art de connaître les hommes par la physionomie.*
2. Voir à ce sujet R. Borderie, *Balzac peintre de corps.* La Comédie humaine ou *le sens du détail.*

des signes extérieurs à prétention aristocratique : une coiffure soignée, mais des mains et des pieds « d'origine toute plébéienne » (chapitre VIII, p. 86). Selon les stéréotypes en vigueur, la petitesse des extrémités indique une origine noble (ou créole), l'idéal étant, pour un jeune homme de bonne condition, d'avoir des pieds et des mains presque féminins ; au passage, rappelons que Dumas lui-même, dans ses *Mémoires*, se vantera de posséder cette particularité. Le corps est donc perçu comme le marqueur social par excellence, le seul qui ne mente pas malgré le camouflage que peuvent offrir des vêtements ou des apprêts. Renvoyé impitoyablement à la modestie de ses origines, le héros souffre d'une autre discordance, révélée par sa fiancée : frêle et faible, Gabriel n'a ni le physique ni les aspirations d'un paysan. À la charnière des deux mondes, rejetant l'un et rejeté dans l'autre, il est définitivement inclassable.

Le même constat peut se faire à partir de ses biens et accessoires : la lettre « écrite sur du gros papier d'écolier, mais pliée proprement et avec une certaine élégance » (chapitre II, p. 44), laisse voir une « charmante écriture anglaise » (chapitre II, p. 46) en même temps que des fautes d'orthographe. Le blason, fautif, dénote une noblesse douteuse. L'adresse dans le quartier de la Chaussée-d'Antin correspond à la haute société orléaniste, mais l'aménagement intérieur, malgré son luxe, trahit le « nouvel enrichi, au goût défectueux », qui est « parvenu à réunir autour de lui les insignes mais non la réalité de la vie élégante »[1] (chapitre VIII, p. 84-85). Quant aux manières, au comportement, ils ne peuvent donner le change bien longtemps. Dans un système de représentation qui attribue aux classes supérieures une aisance *naturelle*, son

1. Voir Balzac et le *Traité de la vie élégante* : « un homme devient riche, il naît élégant ».

attitude forcée et sa méconnaissance des usages condamnent Faverne aux yeux des autres, qui décèlent vite en lui un parvenu ayant vainement tenté d'acquérir les rudiments de la présentation de soi. Avec de tels repères, l'analyse psychologique se trouve presque superflue. Distillée à petites touches dans le récit, elle ne fait d'ailleurs pas l'objet d'un développement autonome. Faverne se trahit par ses mots, ses gestes, ses expressions, ses actes. Loin de l'omniscience balzacienne, qui se permet d'interrompre le récit pour détailler le portrait physique et moral des personnages, le narrateur s'interdit ici de dévoiler l'intimité de son héros à grands coups d'épanchements ou de confessions ; il empêche ainsi toute empathie, si limitée soit-elle, de poindre dans l'esprit du lecteur en suscitant un phénomène d'identification. Mais il évite également de présenter sa créature comme un monstre. Ce traitement neutre et distancié contribue à faire de Gabriel Lambert un héros de roman atypique, qui prend le contre-pied des modèles romantiques les plus connus.

Un anti-héros

Au départ, pourtant, c'est la parenté qui saute aux yeux. La trajectoire de Gabriel illustre un parcours extrêmement répandu dans la littérature du XIXe siècle, celui du jeune provincial qui part conquérir Paris ; en cela, le roman apporte son éclairage à « l'histoire tragique de la jeunesse depuis 30 ans[1] ». La thèse est bien connue : le développement de l'instruction a encouragé chez des milliers de jeunes gens modestes

1. Balzac, *Illusions perdues*, préface de la IIIe partie. Balzac évoque son désir de peindre « l'ambition qui tombe » et « l'ambition qui réussit ».

des ambitions démesurées, qui ne peuvent être satisfaites, ce qui produit une génération de déclassés aigris, souvent tentés par le suicide. Dans *Le Comte de Monte-Cristo*, où il met en scène « l'ambition qui réussit », Dumas n'aborde pas frontalement ce motif, sans doute parce que ce roman a un autre centre de gravité que le social. Mais dans *Gabriel Lambert*, qui traite de « l'ambition qui tombe », le problème est nettement posé. « Je suis [...] un simple paysan qui, par mon... intelligence, me suis élevé au-dessus de mon état » (chapitre XI, p. 109-110). Cette autodéfinition hésitante résonne comme un écho en mineur de la déclaration fracassante de Julien Sorel qui se revendiquait hautement de « cette classe de jeunes gens qui, nés dans une classe inférieure et en quelque sorte opprimés par la pauvreté, ont eu le bonheur de se procurer une bonne éducation et l'audace de se mêler à ce que l'orgueil des gens riches appelle la société[1] ». Mais alors que ce dernier donne à son cas une valeur exemplaire et révolutionnaire, Gabriel se cantonne à une dimension individuelle et ne prétend pas représenter une génération lésée ; en cela, il se distingue d'autres grands héros romantiques, Antony ou Lucien de Rubempré. Il ne vise pas à remettre en question l'ordre social, comme le premier, mais seulement à s'y faire une petite place. Tout en rencontrant les mêmes accidents de parcours que son frère balzacien (duel, prison, suicide), il n'appartient pas à la même catégorie : si, pour les deux, la question du faux est centrale (Lucien passe de la création poétique et romanesque au journalisme, qui représente pour Balzac une sorte de fausse monnaie littéraire, avant de trébucher à cause d'un faux en écriture), pour Gabriel, tout est joué d'avance, puisque ce

1. *Le Rouge et le Noir*, chap. XLI.

sont ses dons pour la contrefaçon qui le déterminent. *Essentiellement* voué au faux, ni « aigle blessé[1] », ni ange déchu, malgré son prénom, il ne saurait donner matière à un roman de la désillusion.

Son absence de dimension mythique dénote également chez le romancier un refus très net de l'héroïsation du *brigand*, personnage emblématique de la littérature romantique. Depuis Schiller, dont la pièce[2] a notablement marqué les esprits, un retournement s'est produit : le bandit n'est plus excommunié, c'est lui qui met en accusation la société. Dans la production mélodramatique, l'acteur Frédérick Lemaître incarne en ce sens le personnage de Robert Macaire (*L'Auberge des Adrets*, 1823) et transforme ainsi la signification de la pièce. La réalité rattrape et dépasse la fiction avec l'affaire Lacenaire, qui voit naître un mythe construit autour du célèbre faussaire et assassin, guillotiné en 1836. Né dans une honorable famille, ayant reçu une éducation choisie, homme de lettres et poète à ses heures, il suscite une large fascination dans toutes les couches de la société, réactivée par les circonstances de sa mort stoïque sur l'échafaud. Mais Gabriel, qui s'effondre en prison et invoque la grâce royale, bien loin de mettre en accusation la société qui le condamne, n'est pas taillé sur ce modèle. Cette mise à distance du *topos* du bandit héroïque découle peut-être d'une visée morale (éviter de susciter des vocations de hors-la-loi), mais surtout, et plutôt, d'un parti pris de réalisme ; refusant d'être assimilé à un mélodrame bon pour faire frissonner le bourgeois, le roman commande une lecture adulte, faite de froideur et de détachement. Et en choisissant de mettre en scène un anti-héros, ce qui est rare à cette époque, et surtout chez Dumas, il pose une

---

1. Comme le Lousteau des *Illusions perdues*. 2. *Les Brigands* date de 1781.

question insistante : l'héroïsme est-il encore possible dans le monde matérialiste de la monarchie de Juillet ?

Un raté a sa manière à lui de quitter la scène. Le suicide est un motif très fréquent dans la littérature romanesque du XIXe siècle, et implique en général un commentaire auctorial sur sa signification ; c'est aussi un débat public, constamment réactivé. Balzac, notamment, prend position à plusieurs reprises ; il explique ce geste comme un mal de l'époque, traduisant le désespoir des jeunes gens devant l'absence de perspectives que leur réserve la société : « ils meurent pour ne pas aller finir au Mont-Saint-Michel comme conspirateurs républicains, ou à l'échafaud comme assassins[1] ». Dans l'univers romanesque, ce thème est traité avec gravité, voire avec pathétique[2]. Le cas de Gabriel Lambert se rattache doublement à cette épidémie de suicides, notamment parce qu'il fait partie d'une catégorie sur-représentée : comme l'observe son compagnon de chaîne, « le suicide est chose commune au bagne » (chapitre XIX, p. 188). Mais cela ne sonne pas comme un réquisitoire, ni contre la société, ni contre la condition carcérale ; c'est un simple constat : à la médiocrité de la vie correspond la banalité de la mort. Jusque dans ces circonstances ultimes, la destinée du héros est rapportée sans émotion. C'est une rupture de ton qui mérite d'être notée : chez Dumas, le suicide est souvent présenté comme une tentation à surmonter pour aspirer à la qualité de héros véritable : Amaury, Monte-Cristo et plus tard Salvator résistent victorieusement, et renaissent ainsi à une vie nouvelle. Cependant, le geste de ceux qui succombent (comme Bragelonne) n'est pas dépourvu de noblesse. Mais l'anti-héros Gabriel ne bénéficie pas de ce traitement de faveur et innove avec

1. *La Chronique de Paris*, 10 janvier 1836. – Voir Dossier p. 229-232. 2. Voir notamment *Illusions perdues*.

un cas de figure original : le suicide ridicule. Relaté par le forçat Rossignol, qui persifle la maladresse et l'indécision du candidat au néant, l'épisode se charge d'une tonalité ironique aussi éloignée que possible du classique lamento sur le mal du siècle. Avec ce suicide comique, unique dans les annales, le personnage a raté sa sortie, mais le romancier a réussi sa fin.

Un roman conservateur ?

De la province à Paris, de la Chaussée-d'Antin au bagne : doit-on comprendre la trajectoire de Gabriel comme un simple apologue moral (« Bien mal acquis ne profite jamais ») ou comme une condamnation du désir d'ascension sociale ? La distinction s'impose. Ce n'est pas la généralisation de l'instruction en tant que telle qui est ici visée, ni les aspirations qu'elle fait naître, mais son détournement frauduleux : Gabriel n'est pas un génie plein de promesses injustement lésé par une société figée, mais un demi-savant, un copieur, version dégradée de l'artiste. C'est à ce titre qu'il est exclu du cercle dans lequel il veut pénétrer. L'artiste, lui, peut entrer de plein droit dans le « monde élégant » qui s'ouvre peu à peu aux natures d'élite comme Dumas : l'aristocratie du talent tient lieu d'aristocratie de naissance[1]. Mais Gabriel n'appartient ni à l'une ni à l'autre, ce qui rend son imposture scandaleuse et la voue à l'échec. Les défauts rédhibitoires qu'il manifeste (lâcheté, fausseté) illustrent une concordance naturelle entre l'ordre moral et l'ordre social, sans doute conforme aux opinions du lectorat conservateur de *La Chronique*. Plus encore que de la société, le roman exprime une conception fixiste de

1. Précisons cependant que les origines familiales de Dumas sont complexes et qu'il n'a jamais renié son ascendance aristocratique.

l'individu : il y a de bons et de mauvais fonds, et quels que soient le vernis, la position sociale et l'éducation, la nature profonde l'emporte toujours. C'est le don de Gabriel, inné, qui signe sa condamnation.

Donc, l'ordre, un moment menacé, est rétabli grâce à V… (Vidocq)[1], le *deus ex machina*, dont l'intervention rapide se fait sur le mode du coup de théâtre – un coup de théâtre qui rappelle l'arrestation de Vautrin dans *Le Père Goriot*. L'épisode Lambert, enregistré par un simple procès-verbal, n'aura pas suscité de trouble majeur. Au contraire de ce qu'entreprendra *Le Comte de Monte-Cristo* quelques mois plus tard, il ne s'agit pas ici de dénoncer les fondements de la société de la monarchie de Juillet. Gabriel est même le contraire du justicier, puisque, tout en empruntant certains de ses traits les plus courants (identités multiples, déguisements, ubiquité sociale), il ne réussit qu'à mettre en évidence son imposture à lui, et non celle du monde. En refusant d'occuper la place qui est la sienne et en tentant d'en obtenir indûment une autre, il s'expose logiquement au châtiment que la société réserve à ceux qui ne jouent pas le jeu, c'est-à-dire la relégation dans ses marges (au bagne). La leçon est claire ; *Gabriel Lambert* paraît alors empreint d'une idéologie foncièrement conservatrice. Le roman se prête partiellement à une telle lecture, en proposant une peinture plutôt complaisante de la société. Le tableau du monde campagnard, esquissé par la fiancée trahie, est brossé sur le mode édifiant ; l'Église est compatissante, la famille protectrice, la jeune fille séduite et abandonnée n'ira pas à la ville (lieu de perdition) grossir le lot des malheureuses vouées à la misère, voire à la prostitution. Ce motif n'est absolument pas abordé ici : le Paris de

1. Cet ex-truand devenu chef de la police de Sûreté fait paraître en 1828 des *Mémoires*, que Dumas a lus. Voir n. 1, p. 156.

Gabriel Lambert se cantonne au monde des dandys, dans lequel quelques personnages incongrus pénètrent de façon accidentelle et passagère ; la narration ne s'intéresse pas aux autres couches sociales. À l'autre extrémité de l'échelle, le roi Louis-Philippe est également peint sous un jour favorable. Dumas, qui a eu pourtant avec lui des rapports conflictuels[1], se souvient ici qu'en 1830 il a sollicité et obtenu du tout nouveau roi des Français la grâce d'un faux-monnayeur vendéen condamné à vingt ans de galères[2]. D'où ce portrait d'un monarque préoccupé par l'adoucissement des peines, dont Hugo s'inspirera dans les pages célèbres des *Misérables* : « Ôtez de Louis-Philippe le roi, il reste l'homme. Et l'homme est bon. Il est bon parfois jusqu'à être admirable. Souvent, au milieu des plus graves soucis, après une journée de lutte contre toute la diplomatie du continent, il rentrait le soir dans son appartement, et là, épuisé de fatigue, accablé de sommeil, que faisait-il ? il prenait un dossier, et il passait sa nuit à réviser un procès criminel, trouvant que c'était quelque chose de tenir tête à l'Europe, mais que c'était une plus grande affaire encore d'arracher un homme au bourreau[3]. »

Chacun est dans son rôle : le chef de la police protège la société, mais le roi sauve le condamné. La réflexion sur la peine de mort reste en retrait, alors que le débat est omniprésent à l'époque. C'est d'ailleurs moins la peine en elle-même qui est ici en question que son caractère disproportionné par rapport au crime[4]. Contrairement au *Dernier Jour d'un condamné*

---

1. D'abord chaud partisan de Louis-Philippe quand il n'est que duc d'Orléans, Dumas, déçu après 1830, se détache progressivement de lui sans entrer pour autant dans une opposition déclarée. 2. L'épisode est rapporté dans *Mes mémoires*, chap. CLXVI. 3. *Les Misérables*, IVe partie, livre I, chap. III : « Louis-Philippe ». 4. De fait, cette peine n'était plus appliquée dans le cas des faux-monnayeurs.

(1829), qui plongeait le lecteur dans la conscience du prisonnier pour lui faire vivre un effroyable compte à rebours, l'angoisse de Gabriel, ainsi que son soulagement à l'annonce de la commutation, sont présentés avec un mélange de pitié et de mépris. Quant à l'évocation des forçats, qui ouvre et clôt le roman, elle obéit à la règle de l'euphémisation, évacuant le terrible folklore (chansons, argot) qui avec Hugo avait fait une irruption fracassante dans la littérature. Rossignol, qui préfigure le Gibassier des *Mohicans de Paris*, manifeste une *vis comica* certaine, mais bien peu réaliste. L'ironie qui imprègne l'avant-dernier chapitre empêche toute dramatisation : on est à mille lieues d'une dénonciation du bagne ou d'un plaidoyer pour son humanisation.

Mais ce récit au ton distancié cultive néanmoins une certaine neutralité, comme le faisait la peinture du personnage. S'il n'exprime pas une prise de position progressiste, dénonçant l'immobilisme social et l'orgueil de caste, il ne débouche pas non plus sur un discours réactionnaire, fustigeant une société matérialiste en perte de valeurs. Ces arguments du courant légitimiste, qu'on retrouve couramment chez Balzac, sont ici totalement absents ; *Gabriel Lambert* offre sur son époque un témoignage qui se veut objectif, même s'il ne procède pas d'une ambition sociologique déclarée. Privilégiant l'esquisse à petites touches plutôt que l'analyse systématique, il enregistre et traduit à sa manière les mutations qui ébranlent la France de Louis-Philippe.

Une société en redéfinition

Une partie importante du roman met en scène un groupe de jeunes dandys dans le Paris de 1831. On peut y voir, transposée au début de la monarchie de Juillet, une variation en mineur sur le thème balzacien de l'« ilotisme de la jeunesse[1] ». Ces « lions » s'adonnent à la vie mondaine, se partageant entre l'Opéra, le club, le jeu. C'est une génération de viveurs qui n'a pas grand-chose à faire, mais dont le désœuvrement n'entraîne pas d'opposition politique déclarée, si on excepte une petite pique en passant contre le parti constitutionnel. Reste le duel ; pour cette classe d'âge qui n'a pas pris part aux guerres de l'Empire, c'est finalement la seule occasion de connaître l'héroïsme. Rappel complaisant de nombreuses « affaires » réglées dans le sang, goût prononcé pour les armes[2], coquetterie affichée[3], mépris de la mort, mais refus de se commettre avec n'importe qui, tel est le code d'honneur en vigueur. Ces jeunes « fashionables » voient leur vision du monde finalement renforcée après l'épisode Lambert, dont leur regard infaillible avait deviné l'imposture : tout est en ordre, le « manant » n'était qu'un lâche et un faussaire, conformément à l'avenir écrit sur sa figure. Exprimant les réticences d'un microcosme conservateur devant les ascensions sociales rapides qui se produisent à cette époque, leur groupe reflète cependant, comme on l'a vu, une certaine ouverture, puisque le narrateur s'y projette sans incongruité. Après 1830, le « monde » s'élargit et admet dans ses rangs ceux qui ont réussi et adoptent ses valeurs : c'est le Tout-Paris, hétérogène et fluctuant.

---

1. Balzac, lui, accuse nettement la Restauration dans la IIe partie d'*Illusions perdues*. 2. *La Salle d'armes* est précisément le titre collectif sous lequel paraissent en 1838 trois romans de Dumas, *Pauline*, *Pascal Bruno* et *Murat*. 3. On le voit bien dans l'importance attachée à la toilette des deux protagonistes lors du duel. « La négligence dans la toilette est un suicide social » (Balzac, *Traité de la vie élégante*).

En cela, le roman témoigne de la progressive évolution de la France dans la première moitié du XIXe siècle, qui va de pair avec une standardisation des styles et des modes de vie, vivement déplorée par Balzac. Même si Tocqueville fait remonter ce phénomène aux dernières décennies de l'Ancien Régime[1], il n'est pas douteux qu'il s'accélère après la Révolution et le tournant du siècle, qui voit apparaître une aristocratie impériale, et plus encore sous Louis-Philippe, où la bourgeoisie d'affaires joue un rôle de plus en plus important. Les repères sont brouillés, les signes distinctifs (noms, titres, blasons) n'offrent plus de certitude, les modes s'uniformisent. La monnaie subit un phénomène analogue : le billet (valeur fictive) concurrence l'or (valeur réelle). C'est précisément cette confusion qui rend possible l'entreprise frauduleuse de Gabriel, qui illustre et justifie les réticences de nombreux Français devant l'introduction de la monnaie de papier. Par ailleurs, qu'il n'y ait plus d'étanchéité parfaite entre les classes sociales permet à des talents de s'affirmer, mais aussi à des escrocs de prospérer. Comme dans *Pauline*, où il mettait en scène un cas limite, l'assassin/homme du monde, Dumas esquisse une société mobile, où les identités ne sont pas sûres. Il développera beaucoup plus largement cette idée dans *Monte-Cristo*, dont un personnage retient l'attention : il s'agit de Benedetto Cavalcanti, un jeune criminel introduit par le comte dans le monde pour confondre ses ennemis. Échappé du bagne de Toulon, accepté sans réserve sous une nouvelle identité par les Danglars, Morcerf et Villefort, ce dandy improbable est, à l'instar de Faverne, tout près de conclure un mariage avantageux avant d'être démasqué et arrêté. Le cas de Gabriel est

1. *L'Ancien Régime et la Révolution*, livre II, chapitre VIII : « Que la France était le pays où les hommes étaient devenus le plus semblables entre eux ».

moins invraisemblable, mais reflète néanmoins une époque sans visibilité, où l'on ne sait plus qui est qui. Il appartient au médecin, qui analyse les maux individuels comme les maux collectifs, de diagnostiquer les symptômes de la crise que traversent ses contemporains.

Identités fabriquées, monnaie falsifiée… la contagion s'étend-elle partout ? Avant de se faire faux-monnayeur, Gabriel s'est exercé au faux artistique en reproduisant une gravure, suscitant l'admiration de son père, « qui voyait dans cette gravure ce qu'elle était réellement, c'est-à-dire un chef-d'œuvre » (chapitre XI, p. 115). En cela, le roman peut se lire comme une parabole sur la difficulté de distinguer le vrai du faux dans un contexte de confusion qui touche aussi la littérature et l'édition[1]. Face à une production proliférante favorisée par le développement de la presse et de la lecture, les repères viennent à manquer. Comment distinguer la « littérature industrielle[2] » et la littérature tout court ? Dumas est lui-même au cœur de cette question, touché par diverses attaques qui pointent son mode d'écriture, son recours aux collaborateurs[3], le nombre (trop ?) important de ses ouvrages… La place qu'il s'est frayée dans la société ne lui est pas acquise pour l'éternité. Son succès fait des jaloux, rivaux malheureux ou plumitifs obscurs, qui veulent voir en lui une sorte de Gabriel Lambert des lettres. Le pamphlet d'Eugène de Mirecourt au titre bien connu : *Fabrique de romans. Maison Alexandre Dumas et Cie*, paraîtra

1. La contrefaçon (notamment belge) connaît un très large essor. Voir Dossier, p. 208. 2. Le pamphlet de Sainte-Beuve, « De la littérature industrielle », est paru dans *La Revue des Deux Mondes* en septembre 1839. On précisera cependant qu'il ne vise pas directement Dumas qui, à cette époque, est surtout connu comme dramaturge. 3. Rappelons que *Gabriel Lambert* est écrit sans collaborateur.

en 1845 ; d'autres l'ont précédé[1], et toutes ces affaires joueront sans doute un rôle important dans le jugement contrasté qui s'attachera à son œuvre.

Il est grand temps de redécouvrir *Gabriel Lambert* ; il faut pour cela mettre entre parenthèses l'étiquette de romancier historique systématiquement accolée à Dumas, et s'intéresser à ses qualités d'observateur de son époque, évidentes dans cette fiction d'actualité qui nous fait entrer de plain-pied dans la société parisienne des années 1830. Mais *Gabriel Lambert* est aussi et surtout un roman qui illustre les rapports complexes qu'entretient le romancier avec ses personnages. L'auteur célèbre de 1844, riche, triomphant, reçu dans le grand monde, se penche sur cette version contraire de lui-même ; le parcours de Gabriel Lambert réveille forcément des échos ambigus chez l'enfant de Villers-Cotterêts mi-plébéien, mi-aristocratique, venu conquérir Paris avec sa belle écriture pour tout bagage, accusé de plagiat par ses adversaires… L'écriture est l'alchimie qui permet la transmutation des fantômes en créatures autonomes et délivre le créateur de son double encombrant. En cela, *Gabriel Lambert* le méconnu prend une place toute particulière dans l'œuvre dumasienne, celle d'un roman cathartique.

Anne-Marie CALLET-BIANCO.

1. On pense notamment aux articles de Granier de Cassagnac dans le *Journal des débats* (novembre 1833) et à la *Galerie des contemporains illustres par un homme de rien* (1840-1847) de Louis de Loménie.

Gabriel Lambert

I

Le forçat

J'étais vers le mois de mai de 1835[1] à Toulon.

J'y habitais une petite bastide qu'un de mes amis[2] avait mise à ma disposition.

Cette bastide était située à cinquante pas du fort Lamalgue, juste en face de la fameuse redoute qui vit, en 1793, surgir la fortune ailée de ce jeune officier d'artillerie qui fut d'abord le général Bonaparte, puis l'empereur Napoléon[3].

Je m'étais retiré là dans l'intention louable de travailler. J'avais dans la tête un drame bien intime, bien sombre, bien terrible, que je voulais faire passer de ma tête sur le papier.

Ce drame si terrible c'était *Le Capitaine Paul*[4].

---

1. Dumas a bien séjourné à Toulon à cette date avec le peintre Jadin ; il a également visité le bagne. Cet épisode est raconté dans *Une année à Florence* (1840). 2. Il s'agit du docteur Hubert Lauvergne (1797-1859), médecin du bagne, auteur d'un essai intitulé *Les Forçats* (1841). Voir Dossier, p. 214-215. 3. En 1793, Toulon, comme d'autres villes de province, se révolte contre le pouvoir jacobin. La ville se livre à la marine anglaise. La République riposte. Un jeune artilleur nommé Bonaparte, commandant l'artillerie, joue un rôle décisif dans la reprise de la ville. 4. Ce roman sur Paul Jones, célèbre navigateur et héros de l'indépendance américaine, paraît en 1838.

Mais je remarquai une chose : c'est que, pour le travail profond et assidu, il faut les chambres étroites, les murailles rapprochées, et le jour éteint par des rideaux de couleur sombre. Les vastes horizons, la mer infinie, les montagnes gigantesques, surtout lorsque tout cela est baigné de l'air pur et doré du Midi, tout cela vous mène droit à la contemplation, et rien mieux que la contemplation ne vous éloigne du travail.

Il en résulte qu'au lieu d'exécuter *Paul Jones*[1], je rêvais *Don Juan de Marana*[2].

La réalité tournait au rêve, et le drame à la métaphysique.

Je ne travaillais donc pas, du moins le jour.

Je contemplais, et je l'avoue, cette Méditerranée d'azur, avec ses paillettes d'or, ces montagnes gigantesques belles de leur terrible nudité, ce ciel profond et morne à force d'être limpide.

Tout cela me paraissait plus beau à voir que ce que j'aurais pu composer ne me paraissait curieux à lire.

Il est vrai que la nuit, quand je pouvais prendre sur moi de fermer mes volets aux rayons tentateurs de la lune ; quand je pouvais détourner mes regards de ce ciel tout scintillant d'étoiles ; quand je pouvais m'isoler avec ma propre pensée, je ressaisissais quelque empire sur moi-même. Mais, comme un miroir, mon esprit avait conservé un reflet de ses préoccupations de la journée, et, comme je l'ai dit, ce n'étaient plus des créatures humaines avec leurs passions terrestres qui m'apparaissaient, c'étaient de beaux anges qui, à l'ordre de Dieu, traversaient d'un coup d'aile ces espaces infinis ; c'étaient des démons proscrits et railleurs, qui, assis sur quelque roche nue, menaçaient la terre ; c'était enfin une œuvre comme *La Divine Comédie,*

1. Drame représenté au théâtre du Panthéon de 1835 à 1838.
2. Cette pièce est représentée en 1836 à la Porte-Saint-Martin.

comme *Le Paradis perdu* ou comme *Faust*, qui demandait à éclore, et non plus une composition comme *Angèle*[1] ou comme *Antony*[2].

Malheureusement je n'étais ni Dante, ni Milton, ni Goethe.

Puis, tout au contraire de Pénélope, le jour venait détruire le travail de la nuit.

Le matin arrivait. J'étais réveillé par un coup de canon. Je sautais en bas de mon lit. J'ouvrais ma fenêtre, des torrents de lumière envahissaient ma chambre, chassant devant eux tous les pauvres fantômes de mon insomnie, épouvantés de ce grand jour. Alors je voyais s'avancer majestueusement hors de rade quelque magnifique vaisseau à trois ponts, le *Triton* ou le *Montebello*, qui, juste devant ma villa, comme pour ma récréation particulière, venait faire manœuvrer son équipage ou exercer ses artilleurs.

Puis il y avait les jours de tempête, les jours où le ciel si pur se voilait de nuages sombres, où cette Méditerranée si azurée devenait couleur de cendre, où cette brise si douce se changeait en ouragan.

Alors le vaste miroir du ciel se ridait, cette surface si calme commençait à bouillir comme au feu de quelque fournaise souterraine. La houle se faisait vagues, les vagues se faisaient montagnes. La blonde et douce Amphitrite[3], comme un géant révolté, semblait vouloir escalader le ciel, se tordant les bras dans les nuages et hurlant de cette voix puissante qu'on n'oublie pas une fois qu'on l'a entendue.

Si bien que mon pauvre drame s'en allait de plus en plus en lambeaux.

---

1. Pièce représentée fin 1833 à la Porte-Saint-Martin. **2.** Grand drame romantique qui connaît un triomphe à la Porte-Saint-Martin en 1831. **3.** Divinité de la Mer dans la mythologie grecque.

Je déplorais un jour cette influence des objets extérieurs sur mon imagination devant le commandant du port, et je déclarais que j'étais tellement las de réagir contre ces impressions, que je m'avouais vaincu, et qu'à partir du lendemain j'étais parfaitement décidé, tout le temps que je resterais à Toulon, à ne plus faire que de la vie contemplative.

En conséquence, je lui demandai à qui je pourrais m'adresser pour louer une barque : une barque étant la première nécessité de la nouvelle existence que, dans sa victoire sur la matière, l'esprit me forçait d'adopter.

Le commandant du port me répondit qu'il songerait à ma demande et qu'il aviserait à y satisfaire.

Le lendemain, en ouvrant ma fenêtre, j'aperçus à vingt pas au-dessous de moi, se balançant près du rivage, une charmante barque, pouvant marcher à la fois à la rame et à la voile, et montée par douze forçats.

Je réfléchissais à part moi que c'était justement là une barque comme il m'en faudrait une, lorsque le garde-chiourme, m'apercevant, fit aborder le canot, sauta sur le rivage, et s'achemina vers la porte de ma bastide.

Je m'avançai au-devant de l'honorable visiteur.

Il tira un billet de sa poche et me le remit.

Il était conçu en ces termes :

« Mon cher métaphysicien,

Comme il ne faut pas détourner les poètes de leur vocation, et que jusqu'à présent vous vous étiez, à ce qu'il paraît, mépris sur la vôtre, je vous envoie la barque demandée ; vous pourrez, tout le temps que vous habiterez Toulon, en disposer depuis l'ouverture jusqu'à la fermeture du port.

Si parfois vos yeux, lassés de contempler le ciel, tendaient à redescendre sur la terre, vous trouverez autour de vous douze gaillards qui vous ramèneront facilement, et par leur seule vue, de l'idéal à la réalité.

Il va sans dire qu'il ne faut laisser traîner devant eux ni vos bijoux, ni votre argent.

La chair est faible, comme vous savez, et comme un vieux proverbe dit qu'"il ne faut pas tenter Dieu", à plus forte raison ne faut-il pas tenter l'homme, surtout quand cet homme a déjà succombé à la tentation.

Tout à vous. »

J'appelai Jadin[1], et je lui fis part de notre bonne fortune. À mon grand étonnement, il ne reçut pas la communication avec l'enthousiasme auquel je m'attendais : la société dans laquelle nous allions vivre lui paraissait un peu mêlée.

Cependant, comme après un coup d'œil jeté sur notre équipage il aperçut, sous les bonnets rouges dont elles étaient ornées, quelques têtes à caractère, il prit assez philosophiquement son parti, et, faisant signe à nos nouveaux serviteurs de ne pas bouger, il porta une chaise sur le rivage, et, prenant du papier et un crayon, il commença un croquis de la barque et de son terrible équipage.

En effet, ces douze hommes qui étaient là, calmes, doux, obéissants, attendant nos ordres et cherchant à les prévenir, avaient commis chacun un crime :

Les uns étaient des voleurs ; les autres, des incendiaires ; les autres, des meurtriers.

La justice humaine avait passé sur eux ; c'étaient des êtres dégradés, flétris, retranchés du monde : ce

---

1. Le peintre Godefroy Jadin (1805-1882) participe au grand voyage autour de la Méditerranée qu'entreprend Dumas, auquel il s'est engagé à fournir un certain nombre de dessins.

n'étaient plus des hommes, c'étaient des choses ; ils n'avaient plus de noms, ils étaient des numéros.

Réunis, ils formaient un total : le total était cette chose infâme qu'on appelle le bagne.

Décidément le commandant du port m'avait fait là un singulier cadeau.

Et cependant je n'étais pas fâché de voir de près ces hommes, dont le titre seul, prononcé dans un salon, est une épouvante.

Je m'approchai d'eux, ils se levèrent tous et ôtèrent vivement leur bonnet.

Cette humilité me toucha.

— Mes amis, leur dis-je, vous savez que le commandant du port vous a mis à mon service pour tout le temps que je resterai à Toulon ?

Aucun d'eux ne répondit, ni par un mot, ni par un geste. On eût dit que je parlais à des hommes de pierre.

— J'espère, continuai-je, que je serai content de vous ; quant à vous, soyez tranquilles, vous serez contents de moi.

Même silence.

Je compris que c'était une chose de discipline.

Je tirai de ma poche quelques pièces de monnaie, que je leur offris pour boire à ma santé, mais pas une seule main ne s'étendit pour les prendre.

— Il leur est défendu de rien recevoir, me dit le garde-chiourme.

— Et pourquoi cela ? demandai-je.

— Ils ne peuvent avoir d'argent à eux.

— Mais vous, dis-je, ne pouvez-vous leur permettre de boire un verre de vin, en attendant que nous soyons prêts ?

— Ah ! pour cela, parfaitement.

— Eh bien ! faites venir à déjeuner de la guinguette du fort, je paierai.

— Je l'avais bien dit au commandant, fit le garde-chiourme en secouant d'un même mouvement la tête et les épaules, je l'avais bien dit que vous me les gâteriez… Mais enfin, puisqu'ils sont à votre service, il faut bien qu'ils fassent ce que vous voulez… Allons, Gabriel… un coup de pied jusqu'au fort Lamalgue… Du pain, du vin et un morceau de fromage.

— Je suis au bagne pour travailler et non pour faire vos commissions, répondit celui auquel cet ordre était adressé.

— Ah ! c'est juste, j'oubliais que tu es trop grand seigneur pour cela, monsieur le docteur[1] ; mais comme il s'agissait de ton déjeuner aussi bien que de celui des autres…

— J'ai mangé ma soupe et je n'ai pas faim, répondit le forçat.

— Excusez… Eh bien ! Rossignol ne sera pas si fier… Va, Rossignol, va, mon fils.

En effet, la prédiction du vénérable argousin[2] se réalisa. Celui auquel il adressait la parole, et qui sans doute devait son nom à l'abus qu'il avait fait de l'instrument ingénieux à l'aide duquel on est parvenu à remplacer la clef absente, se leva, et traînant après lui son camarade, car, ainsi qu'on le sait, tout homme au bagne est rivé à un autre homme, il s'achemina vers le cabaret qui avait l'honneur de nous alimenter.

Pendant ce temps je jetai un coup d'œil sur le récalcitrant, dont la réponse médiocrement respectueuse n'amenait, à mon grand étonnement, aucune suite fâcheuse ; mais il avait la tête tournée de l'autre côté, et, comme il gardait cette position avec une persévérance qui semblait le résultat d'un parti pris, je ne pus le voir.

1. Par extension, ce terme s'emploie pour qualifier quelqu'un qui se donne des airs supérieurs. 2. Surveillant, garde-chiourme.

Cependant je le remarquai à ses cheveux blonds et à ses favoris roux… Je rentrai dans la bastide en me promettant de l'examiner dans un autre moment.

J'avoue que la curiosité que j'éprouvais à l'endroit de mon répondeur me fit hâter le déjeuner.

Je pressai Jadin, qui ne comprenait rien à mon impatience, et je revins au bord de la mer.

Nos nouveaux serviteurs n'étaient pas si avancés que nous. Du vin du fort Lamalgue, du pain blanc et du fromage formaient pour eux un extra auquel ils n'étaient point habitués, et ils prolongeaient leur repas en le savourant. Rossignol et son compagnon surtout paraissaient apprécier au plus haut degré cette bonne fortune.

Ajoutons que le garde-chiourme, de son côté, s'était humanisé au point de faire comme ses subordonnés : seulement ses subordonnés avaient une bouteille pour deux, tandis que lui avait deux bouteilles pour un.

Quant à celui que l'argousin avait désigné sous le nom poétique de Gabriel, sans doute son compagnon de boulet, qui n'avait pas voulu renoncer au repas, l'avait forcé de s'asseoir avec les autres ; mais, toujours en proie à son accès de misanthropie, il les regardait dédaigneusement manger sans toucher à rien.

En m'apercevant, tous les forçats se levèrent, quoique, comme je l'ai dit, leur repas ne fût point achevé ; mais je leur fis signe de finir ce qu'ils avaient si bien commencé, et que j'attendrais.

Il n'y avait plus moyen pour celui que je voulais voir d'éviter mes regards.

Je l'examinai donc tout à mon aise, quoiqu'il eût évidemment rabattu son bonnet jusque sur ses yeux pour échapper à cet examen.

C'était un homme de vingt-huit à trente ans à peine ; au contraire de ses voisins, sur la rude physionomie desquels il était facile de lire les passions qui les avaient conduits où ils étaient, lui avait un de ces visages effacés dont, à une certaine distance, on ne distingue aucun trait.

Sa barbe, qu'il avait laissé pousser dans tout son développement, mais qui était rare et d'une couleur fausse, ne parvenait pas même à donner à sa physionomie un caractère quelconque.

Ses yeux, d'un gris pâle, erraient vaguement d'un objet à l'autre sans s'animer d'aucune expression ; ses membres étaient grêles et semblaient n'avoir été destinés par la nature à aucun travail fatigant ; le corps auquel ils s'attachaient ne paraissait capable d'aucune énergie physique.

Enfin, des sept péchés capitaux qui recrutent sur la terre au nom de l'ennemi du genre humain, celui sous la bannière duquel il s'était enrôlé devait être évidemment la paresse.

J'eusse donc détourné bien vite mes regards de cet homme, qui, j'en étais certain, ne pouvait m'offrir pour étude qu'un criminel de second ordre, si un vague ressouvenir n'avait murmuré à ma mémoire que je ne voyais pas cet homme pour la première fois.

Malheureusement, comme je l'ai dit, c'était une de ces physionomies dans lesquelles rien ne frappe, et qui, à moins de raisons particulières, ne peuvent produire en passant devant nous aucune impression.

Tout en demeurant convaincu que j'avais déjà vu cet homme, ce que sa persistance à fuir mes regards me démontrait encore, il m'était donc impossible de me rappeler où et comment je l'avais vu.

Je m'approchai du garde-chiourme, et lui demandai le nom de celui de mes convives qui faisait si mal honneur à mon repas.

Il s'appelait Gabriel Lambert.

Ce nom n'aidait en rien à ma mémoire : c'était la première fois que je l'entendais prononcer.

Je crus que je m'étais trompé, et, comme Jadin apparaissait sur le seuil de notre villa, j'allai au-devant de lui.

Jadin apportait nos deux fusils, notre promenade n'ayant pas d'autre but ce jour-là que de faire la chasse aux oiseaux de mer.

J'échangeai quelques paroles avec Jadin ; je lui recommandai d'examiner avec attention celui qui était l'objet de ma curiosité.

Mais Jadin ne se rappelait aucunement l'avoir vu, et, comme à moi, ce nom de Gabriel Lambert lui était parfaitement étranger.

Pendant ce temps nos forçats venaient d'achever leur collation et se levaient pour reprendre leur poste dans la barque ; nous nous en approchâmes à notre tour.

Et comme, pour l'atteindre, il fallait sauter de rochers en rochers, le garde-chiourme fit un signe à ces malheureux, qui entrèrent dans la mer jusqu'aux genoux, afin de nous aider dans le trajet.

Mais je remarquai une chose, c'est qu'au lieu de nous offrir la main pour point d'appui, comme auraient fait des matelots ordinaires, ils nous présentaient le coude.

Était-ce une consigne donnée d'avance ?

Était-ce dans cette humble conviction que leur main était indigne de toucher la main d'un honnête homme ?

Quant à Gabriel Lambert, il était déjà dans la barque avec son compagnon, à son poste accoutumé, et tenant son aviron à la main.

II

Henry de Faverne

Nous partîmes ; mais, quel que fût le nombre de mouettes et de goélands qui voltigeaient autour de nous, mon attention était attirée vers un seul but. Plus je regardais cet homme, plus il me semblait que, dans des jours assez rapprochés, il s'était d'une façon quelconque mêlé à ma vie.

Où cela ? comment cela ? voilà ce que je ne pouvais me rappeler.

Deux ou trois heures se passèrent dans cette recherche obstinée de ma mémoire, mais sans amener aucun résultat.

De son côté, le forçat paraissait tellement préoccupé d'éviter mon regard, que je commençai à être peiné de l'impression que ce regard paraissait produire sur lui, et que je m'attachai à essayer de penser à autre chose.

Mais on connaît l'exigence de l'esprit lorsqu'il veut s'attacher à un point ; malgré moi, j'en revenais toujours à cet homme.

Et, chose qui m'affermissait encore dans cette conviction que je ne me trompais pas, c'est que, chaque fois qu'après avoir détourné les yeux de dessus lui j'avais pris sur moi de les fixer d'un autre côté et que je me retournais vivement vers cet homme, c'était lui à son tour qui me regardait.

La journée s'écoula ainsi : deux ou trois fois nous prîmes terre. J'étais occupé à cette époque à coordonner les derniers événements de la vie de Murat[1], et une partie de ces événements s'était passée sur les lieux mêmes où nous nous trouvions ; tantôt c'était un dessin que je désirais que Jadin prît pour moi, tantôt c'était une simple investigation des lieux que je voulais faire.

À chaque fois je m'approchais du garde-chiourme avec l'intention de l'interroger ; mais à chaque fois je rencontrais le regard de Gabriel Lambert si humilié, si suppliant, que je remis à un autre moment l'explication que je voulais demander.

À cinq heures de l'après-midi nous rentrâmes.

Comme le reste de la journée devait être pris par le dîner et par le travail, je congédiai mon garde-chiourme et sa troupe, en lui donnant rendez-vous pour le lendemain matin à huit heures.

Malgré moi, je ne pus penser à autre chose qu'à cet homme. Il nous est arrivé parfois à tous de chercher dans notre souvenir un nom qu'on ne peut retrouver, et cependant ce nom on l'a parfaitement su. Ce nom fuit pour ainsi dire devant la mémoire ; à chaque instant on est prêt à le prononcer, on en a le son dans l'oreille, la forme dans la pensée ; une lueur fugitive l'éclaire, il va sortir de notre bouche avec une exclamation, puis tout à coup ce nom échappe de nouveau, s'enfonce plus avant dans la nuit, arrive à disparaître tout à fait ; si bien qu'on se demande si ce n'est point en rêve qu'on a entendu ce nom, et qu'il semble qu'en s'acharnant davantage à sa poursuite l'esprit va se perdre lui-même dans l'obscurité, et toucher aux limites de la folie.

Il en fut ainsi de moi pendant toute la soirée et pendant une partie de la nuit.

---

1. Ce récit historique paraît en 1838 dans l'ensemble intitulé *La Salle d'armes*, avec deux autres romans, *Pauline* et *Pascal Bruno*.

Seulement, chose plus étrange encore, ce n'était pas un nom, c'est-à-dire une chose sans consistance, un son sans corps, qui me fuyait : c'était un homme que j'avais eu cinq ou six heures sous les yeux, que j'avais pu interroger du regard, que j'aurais pu toucher de la main.

Cette fois, au moins, je n'avais pas de doute : ce n'était ni un rêve que j'avais fait, ni un fantôme qui m'était apparu.

J'étais sûr de la réalité.

J'attendis le matin avec impatience.

Dès sept heures, j'étais à ma fenêtre pour voir venir la barque.

Je l'aperçus qui sortait du port pareille à un point noir, puis à mesure qu'elle s'avançait sa forme devint plus distincte.

Elle prit d'abord l'aspect d'un grand poisson qui nagerait à la surface de la mer ; bientôt les avirons commencèrent à devenir visibles, et le monstre parut marcher sur l'eau à l'aide de ses douze pattes.

Puis on distingua les individus, puis les traits de leur visage.

Mais, arrivé à ce point, je cherchai vainement à reconnaître Gabriel Lambert ; il était absent, et deux nouveaux forçats l'avaient remplacé, lui et son compagnon.

Je courus jusqu'au rivage.

Les forçats crurent que j'avais hâte de m'embarquer, et sautèrent à l'eau afin de faire la chaîne ; mais je fis signe à leur gardien de venir seul me parler.

Il vint : je lui demandai pourquoi Gabriel Lambert n'était point avec les autres.

Il me répondit qu'ayant été pris pendant la nuit d'une fièvre violente, il avait demandé à être exempté de son service ; ce qui, sur le certificat du médecin, lui avait été accordé.

Pendant que je parlais au garde-chiourme, pardessus l'épaule duquel je pouvais voir la barque et les hommes qui la montaient, un des forçats sortit une lettre de sa poche et me la montra.

C'était celui qu'on avait désigné sous le nom de Rossignol.

Je compris que Gabriel avait trouvé le moyen de m'écrire, et que Rossignol s'était chargé d'être son messager.

Je répondis par un signe d'intelligence au signe qu'il m'avait fait, et je remerciai le gardien.

— Monsieur désirerait-il lui parler ? me demanda-t-il ; en ce cas, malade ou non, je le ferais venir demain.

— Non, répondis-je ; mais sa figure m'avait frappé, et, ne le voyant pas aujourd'hui au milieu de ses camarades, je m'informais des causes de son absence. Il me semble que cet homme est au-dessus de ceux avec lesquels il se trouve.

— Oui, oui, dit le garde-chiourme, c'est un *de nos messieurs* ; et il a beau faire, cela se voit tout de suite.

J'allais demander à mon brave argousin ce qu'il entendait par un *de ses messieurs*, lorsque je vis Rossignol qui, tout en traînant son compagnon de chaîne après lui, levait une pierre, et cachait la lettre qu'il m'avait montrée sous cette pierre.

Dès lors, comme on le comprend bien, je n'eus plus qu'un désir, c'était de tenir cette lettre.

Je congédiai le garde-chiourme par un mouvement de tête qui signifiait que je n'avais pas autre chose à lui dire, et j'allai m'asseoir près de la pierre.

Il retourna aussitôt prendre sa place à la proue du canot.

Pendant ce temps, je levai la pierre et je m'emparai de la lettre, et, chose étrange, non pas sans une certaine émotion.

Je rentrai chez moi. Cette lettre était écrite sur du gros papier écolier, mais pliée proprement et avec une certaine élégance.

L'écriture était petite, fine, d'un caractère qui eût fait honneur à un écrivain de profession.

Elle portait cette suscription :

« *À monsieur Alexandre Dumas.* »

Cet homme, de son côté, m'avait donc aussi reconnu.

J'ouvris vivement la lettre, et je lus ce qui suit :

« Monsieur,

J'ai vu hier les efforts que vous faisiez pour me reconnaître, et vous avez dû voir ceux que je *faisait* pour ne pas être reconnu.

Vous comprenez qu'au milieu de toutes les humiliations auxquelles nous sommes en butte, une des plus grandes est de se trouver face à face, dégradés comme nous le sommes, avec un homme qu'on a rencontré dans le monde.

Je me suis donc donné la fièvre pour m'épargner aujourd'hui cette humiliation.

Maintenant, monsieur, s'il vous reste quelque pitié pour un malheureux qui, il le sait, n'a même plus droit à la pitié, n'exigez point que je rentre à votre service ; j'oserai même vous demander plus : ne faites aucune question sur moi. En échange de cette grâce, que je vous supplie à genoux de m'accorder, je vous donne ma parole d'honneur qu'avant que vous ne *quittié* Toulon je vous ferai connaître le nom sous lequel vous m'avez rencontré. Avec ce nom, vous saurez de moi tout ce que vous désirez en savoir.

Daignez prendre en considération la prière de *cellui* qui n'ose pas se dire

Votre bien humble serviteur,

Gabriel LAMBERT. »

Comme l'adresse, la lettre était écrite de la plus charmante écriture anglaise qui se pût voir ; elle indiquait une certaine habitude de style, quoique les trois fautes d'orthographe qu'elle contenait dénonçassent l'absence de toute éducation.

La signature était ornée d'un de ces paraphes compliqués comme on n'en trouve plus qu'au bout du nom de certains notaires de village.

C'était un mélange singulier de vulgarité originelle et d'élégance acquise.

Cette lettre ne me disait rien pour le présent ; mais elle me promettait pour l'avenir tout ce que je désirais savoir. Puis je me sentais pris de pitié pour cette nature plus élevée, ou, comme on le voudra, plus basse que les autres.

N'y avait-il pas un reste de grandeur dans son humiliation ?

Je résolus donc de lui accorder ce qu'il me demandait.

Je dis au garde-chiourme que, loin de désirer qu'on me rendît Gabriel Lambert, j'eusse été le premier à demander qu'on me débarrassât de cet homme, dont la figure me déplaisait.

Puis je n'en ouvris plus la bouche, et personne ne m'en souffla mot.

Je restai encore quinze jours à Toulon, et pendant ces quinze jours la barque et son équipage demeurèrent à mon service.

Seulement j'annonçai d'avance mon départ.

Je désirais que cette nouvelle parvînt à Gabriel Lambert.

Je voulais voir s'il se souviendrait de la *parole d'honneur* qu'il m'avait donnée.

La dernière journée s'écoula sans que rien m'indiquât que mon homme se disposât le moins du monde à tenir sa promesse ; et, je l'avoue, je me reprochais déjà ma discrétion, lorsqu'en prenant congé de mes gens, je vis Rossignol jeter un coup d'œil sur la pierre où j'avais déjà trouvé la lettre.

Ce coup d'œil était si significatif que je le compris à l'instant même ; je répondis par un signe qui voulait dire : C'est bien.

Puis, tandis que ces malheureux, désespérés de me quitter, car les quinze jours qu'ils avaient passés à mon service avaient été pour eux quinze jours de fête, s'éloignaient de la bastide en ramant, j'allai lever la pierre, et sous la pierre je trouvai une carte.

Une carte écrite à la main, mais qu'on eût juré être gravée.

Sur cette carte, je lus :

Le vicomte HENRY DE FAVERNE.

III

Le foyer de l'Opéra

Gabriel Lambert avait raison, ce nom seul me disait, sinon tout, du moins une partie de ce que je désirais savoir.

— C'est juste, Henry de Faverne ! m'écriai-je, Henry de Faverne, c'est cela ! Comment diable ne l'ai-je pas reconnu !

Il est vrai que je n'avais vu celui qui portait ce nom que deux fois, mais c'était dans des circonstances où ses traits s'étaient profondément gravés dans ma mémoire.

C'était à la troisième représentation de *Robert le Diable*[1] ; je me promenais pendant l'entr'acte au foyer de l'Opéra, avec un de mes amis, le baron Olivier d'Hornoy.

Je venais de le retrouver le soir même, après une absence de trois ans.

Des affaires d'intérêt l'avaient appelé à la Guadeloupe, où sa famille avait des possessions considérables, et depuis un mois seulement il était de retour des colonies.

---

1. Cet opéra de Meyerbeer, créé en novembre 1831, connut par la suite un grand succès. Dumas a assisté à la première et a fait connaissance avec le compositeur.

Je l'avais revu avec grand plaisir, car autrefois nous avions été fort liés.

Deux fois, en allant et en venant, nous croisâmes un homme, qui à chaque fois le regarda avec une affectation qui me frappa.

Nous allions le rencontrer une troisième fois, lorsque Olivier me dit :

— Vous est-il égal de vous promener dans le corridor au lieu de vous promener ici ?

— Parfaitement, lui répondis-je ; mais pourquoi cela ?

— Je vais vous le dire, reprit-il.

Nous fîmes quelques pas, et nous nous trouvâmes dans le corridor.

— Parce que, continua Olivier, nous avons croisé deux fois un homme.

— Qui vous a regardé d'une singulière façon, je l'ai remarqué. Qu'est-ce que cet homme ?

— Je ne puis le dire précisément, mais ce que je sais, c'est qu'il a l'air de chercher à avoir une affaire avec moi, tandis que moi je ne me soucierais pas le moins du monde d'avoir une affaire avec lui.

— Et depuis quand donc, mon cher Olivier, craignez-vous les affaires ? Vous aviez autrefois, si je me le rappelle bien, la fatale réputation de les chercher plutôt que de les fuir.

— Oui, sans doute, je me bats quand il le faut ; mais, vous le savez, on ne se bat pas avec tout le monde.

— Je comprends, cet homme est un chevalier d'industrie[1].

— Je n'en ai aucune certitude, mais j'en ai peur.

— En ce cas, mon cher, vous avez parfaitement

1. « Personnage vivant d'expédients, voire d'escroqueries » (Larousse).

raison ; la vie est un capital qu'il ne faut risquer que contre un capital à peu près équivalent ; celui qui fait autrement joue un jeu de dupe.

En ce moment la porte d'une loge s'ouvrit, et une jeune et jolie femme fit coquettement signe de la main à Olivier qu'elle désirait lui parler.

— Pardon, mon cher, il faut que je vous quitte.

— Pour longtemps ?

— Non, continuez de vous promener dans le corridor, et avant dix minutes je vous rejoins.

— À merveille.

Je continuai de me promener seul pendant le temps indiqué, et je me trouvais du côté opposé à celui où j'avais quitté Olivier, lorsque j'entendis tout à coup une grande rumeur, et que je vis les autres promeneurs se porter du côté où cette rumeur était née ; je m'avançai comme tout le monde, et je vis sortir d'un groupe Olivier qui, en m'apercevant, s'élança à mon bras en me disant :

— Venez, mon cher ; sortons.

— Qu'y a-t-il donc ? demandai-je, et pourquoi êtes-vous si pâle ?

— Il y a que ce que j'avais prévu est arrivé ; cet homme m'a insulté, et il faut que je me batte avec lui ; mais venez vite chez moi ou chez vous, je vous conterai tout cela.

Nous descendîmes rapidement l'un des escaliers ; l'étranger descendait l'autre ; il tenait son mouchoir sur son visage, et son mouchoir était taché de sang.

Olivier et lui se rencontrèrent à la porte.

— Vous n'oublierez pas, monsieur, dit l'étranger à haute voix, de matière à être entendu de tout le monde, que je vous attends demain à six heures au bois de Boulogne, allée de la Muette.

— Eh ! oui, monsieur, dit Olivier en haussant les épaules ; c'est chose convenue.

Et il fit un pas en arrière pour laisser passer son adversaire, qui sortit en se drapant dans son manteau, et avec la prétention visible de faire de l'effet.

— Oh ! mon Dieu ! mon cher, dis-je à Olivier, qu'est-ce que ce monsieur ? Et vous allez vous battre avec cela ?

— Il le faut pardieu bien !

— Et pourquoi le faut-il ?

— Parce qu'il a levé la main sur moi, parce que je lui ai envoyé un coup de canne à travers la figure.

— Vraiment ?

— Parole ! une scène de crocheteurs[1], tout ce qu'il y a de plus sale : j'en ai honte ; mais que voulez-vous ? c'est ainsi.

— Mais qu'est-ce que c'est donc que ce manant-là, qui croit qu'on est obligé de donner à des gens comme nous des soufflets pour les faire battre ?

— Ce que c'est ? c'est un monsieur qui se fait appeler le vicomte Henry de Faverne.

— Henry de Faverne ? je ne connais pas cela.

— Ni moi non plus.

— Eh bien ! comment avez-vous une affaire avec un homme que vous ne connaissez pas ?

— C'est justement parce que je ne le connais pas que j'ai avec lui une affaire : cela vous paraît étrange, qu'en dites-vous ?

— Je l'avoue.

— Je vais vous raconter cela. Tenez, il fait beau, au lieu de nous enfermer entre quatre murailles, voulez-vous venir jusqu'à la Madeleine ?

— Jusqu'où vous voudrez.

— Voici ce que c'est : ce monsieur Henry de Faverne a des chevaux superbes et joue un jeu fou,

1. Portefaix (qui porte son fardeau à l'aide de crochets). Par extension, homme vulgaire et brutal.

sans qu'on lui connaisse aucune fortune au soleil ; au reste, payant fort bien ce qu'il achète ou ce qu'il perd : de ce côté il n'y a rien à dire. Mais comme il est, à ce qu'il paraît, sur le point de se marier, on lui a demandé quelques explications sur cette fortune dont il fait un usage si éblouissant ; il a répondu qu'il était d'une famille de riches colons qui avait des biens considérables à la Guadeloupe.

« Alors, justement comme j'en arrive, on est venu aux informations près de moi, et l'on m'a demandé si je connaissais un comte de Faverne à la Pointe-à-Pitre.

« Il faut vous dire, mon cher, que je connais, à la Pointe-à-Pitre, tout ce qui mérite d'être connu, et qu'il n'y a pas, d'un bout de l'île à l'autre, plus de comte de Faverne que sur ma main.

« Vous comprenez, moi j'ai dit tout bonnement ce qu'il en était, sans attacher à ce que je disais d'autre importance. Puis, au bout du compte, comme c'était la vérité, je l'eusse dite dans tous les cas.

« Or, il paraît que mon refus de reconnaître ce monsieur a mis obstacle à ses projets de mariage. Il a crié bien haut que j'étais un calomniateur, et qu'il me ferait repentir de mes calomnies. Je ne m'en suis pas autrement inquiété ; mais, ce soir, je l'ai rencontré comme vous avez vu, et j'ai senti, vous savez, on sent cela, que j'allais avoir une affaire avec cet homme.

« Au reste, mon cher ami, vous êtes témoin que, cette affaire, je l'ai évitée tant que j'ai pu ; mais, que voulez-vous ? je ne pouvais pas faire davantage. J'ai quitté le foyer, j'ai pris le corridor ; en m'apercevant qu'il nous avait suivis dans le corridor, je suis entré dans la loge de la comtesse M…[1], qui, elle-même, comme vous le savez, est créole, et qui n'a jamais

1. María de las Mercedes de Jaruco, comtesse Merlin (1788-1852), fille d'un noble espagnol née à La Havane, et femme d'un

entendu parler de ce monsieur ni de quelque Faverne que ce soit.

« Je croyais en être quitte ; baste ! il m'attendait en face de la porte de la loge ; vous savez le reste : nous nous battons demain, vous l'avez entendu.

— Oui, à six heures du matin ; mais qui donc a réglé cela[1] ?

— Mais voilà encore ce qui prouve que j'ai affaire à je ne sais quel croquant. Est-ce que c'est jamais aux adversaires à régler ces choses-là ? Que restera-t-il à faire aux témoins, alors ? Puis, se battre à six heures du matin, comprenez-vous cela ? Qui est-ce qui se lève à six heures ? Ce monsieur a donc été garçon de charrue dans sa jeunesse ? Quant à moi, je sais que je vais être demain matin d'une humeur massacrante, et que je me battrai très mal.

— Comment, vous vous battrez très mal ?

— Sans doute ; c'est une chose sérieuse que de se battre, que diable ! On prend toutes ses aises pour faire l'amour, et on ne s'accorde pas la plus petite fantaisie en matière de duel ! Moi, je sais une chose, c'est que je me suis toujours battu à onze heures ou midi, et qu'en général je m'en suis très bien trouvé. À six heures du matin, je vous demande un peu, au mois d'octobre[2] ! on meurt de froid, on grelotte, on n'a pas dormi.

— Eh bien ! mais rentrez et couchez-vous.

— Oui, couchez-vous, c'est facile à dire ; on a toujours, quand on se bat le lendemain, quelque chose

---

général français. Elle donne des soirées musicales très prisées dans son salon de la rue de Bondy.

1. Normalement, ce sont les témoins qui précisent les modalités du duel entre les adversaires. 2. Petite étourderie de Dumas : la création de *Robert le Diable*, qui précède le duel, a eu lieu en novembre.

comme un bout de testament à faire, une lettre à écrire à sa mère ou à sa maîtresse ; tout cela vous prend jusqu'à deux heures du matin. Puis on dort mal ; car, voyez-vous, on a beau dire, si brave qu'on soit, c'est toujours une mauvaise nuit que la nuit qui précède un duel. Et se lever à cinq heures, car pour se trouver au bois de Boulogne à six heures, il faut se lever à cinq, se lever à la bougie, connaissez-vous rien de plus maussade que cela ? Aussi qu'il se tienne bien, ce monsieur ; je ne le ménagerai pas, je vous en réponds. À propos, je compte sur vous comme témoin.

— Pardieu !

— Apportez vos épées, je ne veux pas me servir des miennes, il pourrait dire qu'elles sont à ma garde[1].

— Vous vous battez à l'épée ?

— Oui, j'aime mieux cela[2] ; cela tue aussi bien que le pistolet, et cela n'estropie pas. Une mauvaise balle vous casse un bras, il faut vous le couper, et vous voilà manchot. Apportez vos épées.

— C'est bien, je serai chez vous à cinq heures.

— À cinq heures ! Comme c'est amusant pour vous aussi de vous lever à cinq heures !

— Oh ! pour moi, cela m'est à peu près indifférent ; c'est l'heure où je me couche.

— C'est égal, lorsque les choses se passeront entre gens comme il faut et que vous serez mon témoin, faites-moi battre comme vous l'entendrez, mais faites-moi battre à onze heures ou midi, et vous verrez ; parole d'honneur ! il n'y aura pas de comparaison, j'y gagnerai cent pour cent.

— Allons donc, je suis sûr que vous serez superbe.

— Je ferai de mon mieux ; mais, d'honneur ! j'aurais mieux aimé me battre ce soir sous un réverbère,

1. À ma main. 2. C'est aussi l'opinion de Dumas. Voir *Mes mémoires*, chap. CCXXXVII.

comme un soldat aux gardes, que de me lever demain à une pareille heure ; ainsi, vous, mon cher, qui n'avez pas de testament à faire, allez vous coucher ; allez, et recevez mes excuses au nom de ce monsieur.

— Je vous quitte, mon cher Olivier, mais c'est pour vous laisser tout votre temps à vous-même. Avez-vous quelque autre recommandation à me faire ?

— À propos, il me faut deux témoins : passez au club, et prévenez Alfred de Nerval[1] que je compte sur lui ; cela ne le dérangera pas trop, il jouera jusqu'à cette heure-là, et tout sera dit. Puis il nous faut, je ne sais pas, parole d'honneur ! où j'ai la tête, il nous faut un médecin ; je n'ai pas envie, si je lui donne un coup d'épée, de lui sucer la plaie, à ce monsieur ; j'aime mieux qu'on le saigne[2].

— Avez-vous quelque préférence ?

— Pour qui ?

— Pour un docteur.

— Non ; je les redoute tous également. Prenez Fabien ; n'est-ce pas votre médecin ? c'est le mien aussi ; il nous rendra ce service avec grand plaisir, à moins cependant qu'il ne craigne que cela lui fasse tort près du roi, car vous savez qu'il vient d'être attaché à la cour par quartier[3].

— Soyez tranquille, il n'y songera même pas.

— Je le crois, car c'est un excellent garçon ; faites-lui toutes mes excuses de le faire lever à pareille heure.

— Bah ! il y est habitué.

— Pour un accouchement, pas pour un duel. Mais

1. Ce personnage joue un rôle important dans *Pauline* (1838). Il semble que Dumas, au début de sa carrière de romancier, ait été tenté par l'idée balzacienne du retour des personnages. 2. Pour éviter une hémorragie interne. 3. Un quartier est une période de trois mois. Les médecins du roi sont de service à tour de rôle, chacun pendant trois mois.

avec cela je bavarde comme une pie, et je vous tiens là dans la rue, sur vos jambes, tandis que vous devriez être dans votre lit. Allez vous coucher, mon cher ami, allez vous coucher.

— Allons, bonsoir et bon courage !

— Ah ! ma foi ! je vous jure que je n'en sais rien, dit Olivier en bâillant à se démonter la mâchoire ; car, en vérité, vous ne vous faites point idée combien cela m'ennuie de me battre avec ce drôle-là.

Et sur ces paroles, Olivier me quitta pour rentrer chez lui, tandis que j'allais au club et chez Fabien.

Je lui avais donné la main en le quittant, et j'avais senti sa main agitée d'un mouvement nerveux.

Je n'y comprenais plus rien. Olivier avait presque la réputation d'un duelliste ; comment donc un duel l'impressionnait-il à ce point-là ?

N'importe, je n'en étais pas moins sûr de lui pour le lendemain.

IV

Préparatifs

Je courus chez le docteur, et de là au club.

Alfred promit de ne pas se coucher et Fabien d'être levé à l'heure convenue : tous deux devaient se trouver chez Olivier à cinq heures moins un quart.

J'y arrivai à quatre heures et demie, pour lui dire que tout était réglé à sa convenance.

Je le trouvai assis devant sa table et achevant d'écrire quelques lettres.

Il ne s'était pas couché.

— Eh bien ! mon cher Olivier, lui demandai-je, comment vous trouvez-vous ?

— Oh ! très mal à mon aise ; vous voyez l'homme le plus fatigué de la terre. Comme je m'en doutais, je n'ai pas eu le temps de dormir une minute. Vous voyez le feu qu'il y a, eh bien ! je n'ai pas pu me réchauffer. Est-ce qu'il fait froid dehors ?

— Non, le temps est humide ; il tombe du brouillard.

— Vous verrez que nous serons assez heureux pour qu'il tombe de l'eau à torrents. Se battre par la pluie, les pieds dans la boue, comme c'est amusant ! Si cet homme n'était pas un goujat, on aurait remis la chose à plus tard, ou l'on se serait battu à couvert ; aussi il peut être tranquille, son affaire est claire, et je le guérirai de l'envie de venir me chercher une seconde fois dispute, je vous en réponds.

— Ah çà ! mais vous en parlez, mon cher, comme si vous étiez sûr de le tuer.

— Oh ! vous comprenez, on n'est jamais sûr de tuer son homme ; il n'y a que les médecins qui puissent répondre de cela. N'est-ce pas, Fabien ? ajouta Olivier en souriant et en tendant la main au docteur, qui entrait ; mais je lui donnerai un joli coup d'épée, voilà tout.

— Dans le genre de celui que vous avez donné, la veille de votre départ pour la Guadeloupe, à cet officier portugais que j'ai eu toutes les peines du monde à tirer d'affaire, n'est-ce pas ? dit Fabien.

— Oh ! celui-là c'est autre chose : celui-là, il avait choisi le mois de mai ; puis, au lieu de me jeter brutalement son heure au nez, il m'avait poliment demandé la mienne. Mon cher, imaginez-vous, c'était une partie de plaisir ; nous nous battions à Montmorency, par une charmante journée, à onze heures du matin. Vous rappelez-vous, Fabien ? Il y avait dans le buisson qui se trouvait à côté de nous une fauvette qui chantait ; j'adore les oiseaux. Tout en me battant j'écoutais chanter cette fauvette ; elle ne s'envola qu'au mouvement que vous fîtes en voyant tomber mon adversaire. Comme il tomba bien, n'est-ce pas ? en me saluant de la main ; c'était un homme très comme il faut que ce Portugais ; l'autre tombera comme un bœuf, vous verrez, en m'éclaboussant.

— Ah çà ! mon cher Olivier, lui dis-je, vous êtes donc un Saint-George[1] pour parler comme cela d'avance.

---

1. Joseph Bologne de Saint-George (1745-1799), dit le chevalier de Saint-George, natif de Guadeloupe d'une mère esclave et d'un père colon, gagne la métropole en 1753. Escrimeur hors pair, violo-

— Non, je tire même assez mal, mais j'ai le poignet solide, et, sur le terrain, un sang-froid de tous les diables ; d'ailleurs, cette fois-ci, j'ai affaire à un lâche.

— À un lâche… qui est venu vous provoquer ?

— Cela ne fait rien ; au contraire, cela vient à l'appui de mon assertion. Vous avez bien vu qu'au lieu de m'envoyer tranquillement ses témoins, comme cela se fait en bonne compagnie, il a voulu se monter la tête en m'insultant lui-même ; et encore a-t-il passé près de moi deux fois sans faire autre chose que me regarder, puis il m'a vu me détourner de mon chemin, il a cru que j'avais peur, et il a fait le crâne ; c'est un homme qui a besoin de se battre avec quelqu'un de bien placé dans le monde pour se réhabiliter. Ce n'est pas un duel qu'il me propose, c'est une spéculation qu'il entreprend. Au reste, vous verrez tout cela sur le terrain… Ah ! voilà enfin Nerval : j'ai cru qu'il ne viendrait pas.

— Ce n'est pas ma faute, mon cher, dit en entrant le nouvel arrivant ; d'ailleurs je ne suis pas en retard. (Il tira sa montre.) Cinq heures. Imagine-toi que je gagnais quelque chose comme une trentaine de mille francs à Valjuson, et qu'il m'a fallu lui donner revanche sur revanche, jusqu'à ce qu'il n'en perde plus que dix mille. Ah çà ! tu te bats donc ?

— Oh ! mon Dieu ! oui.

— Alexandre est venu me dire cela au moment où je venais d'être décavé[1] de deux cents louis, de sorte que j'ai assez mal écouté. Est-ce que tu n'aurais pas tenu, toi, vingt-neuf par la retourne et premier en main ?

---

niste et compositeur, auteur de plusieurs quatuors et de symphonies redécouvertes depuis peu, c'est une personnalité très en vue à la fin du XVIIIe siècle.

1. Se dit d'un joueur qui a perdu sa « cave », c'est-à-dire la réserve qu'il place devant lui, en argent ou en jetons.

— Certainement j'aurais tenu.

— Eh bien ! je trouve cinq trèfles ; cet imbécile de Larny, qui avait battu les cartes, s'en était donné trois pour lui seul, et bêtement, comme tout ce qu'il fait, en donnant l'as et le roi à un autre. J'y étais déjà de dix mille francs quand j'ai eu la bonne idée de me rattraper à l'écarté[1] avec Valjuson, de sorte que je ne perds ni ne gagne. Vous ne jouez pas, vous, Fabien ?

— Non.

— Vous avez bien raison : je ne connais rien de stupide comme le jeu ; c'est une mauvaise habitude que j'ai prise et que je voudrais bien perdre. Est-ce qu'il n'y aurait pas quelque remède, docteur, mais un remède agréable, un remède moral joint à un bon régime hygiénique ? À propos de cela, mon cher, où diable d'Harville a-t-il pris son abominable cuisinier ? chez quelque ministre constitutionnel[2] ? Il nous a donné hier un dîner que personne n'a pu manger. Tu t'es douté de cela, toi, tu n'es pas venu ; tu as bien fait. Ah çà ! où se bat-on ?

— Au bois de Boulogne, allée de la Muette.

— Oh ! les traditions classiques. Mon cher, depuis que tu es à la Guadeloupe on ne se bat plus là : on se bat à Clignancourt ou à Vincennes. Il y a des endroits charmants que Nestor[3] a découverts ; tu sais, lui, c'est le Christophe Colomb de ces mondes-là : ils se sont

---

1. Jeu de cartes et d'argent. 2. Le régime de Juillet, qui fait passer la couronne des Bourbons (branche aînée) aux Orléans (branche cadette), démarre sur une modification constitutionnelle par rapport à la Restauration. La Charte de 1814, modifiée, est définie comme résultant d'un accord entre le peuple et le roi (et non plus gracieusement octroyée par lui). La remarque ironique d'Alfred de Nerval dénote une sensibilité légitimiste (c'est-à-dire en faveur des Bourbons). Les légitimistes se situent dans l'opposition de droite du nouveau régime. 3. Il s'agit de Nestor Roqueplan, rédacteur en chef au *Figaro*, ami de Dumas. Le duel mentionné juste après est attesté.

battus là avec Gallois ; un duel charmant ! Tu sais comme ils sont braves tous deux ; ils se sont donné trois coups d'épée chacun, et se sont quittés contents comme des dieux : *Numero Deus impare gaudet*[1]. Tu vois, hein ! comme je tiens mon latin. Et quand je pense qu'on a été donner, à mon détriment, le prix de thème à cet imbécile de Larny, qui m'a fait perdre, avec ses trois trèfles, un coup de deux cents louis !

— Tu lui revaudras cela ce soir. Mais je crois, messieurs, continua Olivier, qu'il est temps de partir ; il ne faut pas nous faire attendre.

— Comment allons-nous là-bas ?

— J'ai une espèce de landau avec des épées dedans, repris-je ; une voiture qui a un air tout à fait honnête : on ne se doutera jamais de ce qu'elle renferme[2].

— Très bien ! descendons.

Nous descendîmes ; nous prîmes place, et nous ordonnâmes au cocher de nous conduire au bois de Boulogne, allée de la Muette.

— À propos, dit Alfred quand la voiture commença de rouler, je vais peut-être avoir une affaire, moi aussi.

— Et comment cela ?

— À cause de toi.

— À cause de moi ?

— Oui. Tu sais que tu as dit l'autre jour, chez madame de Méranges, que tu ne connaissais à la Guadeloupe aucun monsieur de Faverne.

— Oui, parfaitement.

— J'ai entendu cela tout en faisant un whist : ça

---

1. Proverbe latin signifiant : « Les dieux aiment les nombres impairs. » 2. Un landau est une voiture suspendue à quatre roues. Sous la monarchie de Juillet, le duel, moins fermement interdit que sous l'Empire, jouit d'un statut ambigu. Mais plusieurs projets de loi réprimant (avec modération) cette pratique sont déposés entre 1819 et 1832, ce qui explique la discrétion des combattants.

m'était entré par une oreille, ça ne m'était pas sorti par l'autre, quand, avant-hier, qui propose-t-on au club ?… Un monsieur Henry de Faverne, qui se fait appeler vicomte, et qui n'est rien du tout, j'en suis sûr. Alors, j'ai dit qu'il était impossible d'admettre cet homme, que les Faverne n'existaient pas, que tu connaissais la Guadeloupe comme ta poche, et que tu n'avais jamais entendu parler de ces gens-là ; de sorte qu'il a été refusé. C'est fâcheux, au reste, parce qu'il est beau joueur ; voilà toute l'affaire : il paraît qu'il a su que je m'étais prononcé contre lui et qu'il m'en veut. À son aise ! Quand il sera las de m'en vouloir, il viendra me le dire ; je l'attends. À propos ! et toi, avec qui te bats-tu ?

— Avec lui.

— Qui, lui ?

— Avec ton monsieur Henry de Faverne.

— Comment ! c'est à moi qu'il en veut, et c'est avec toi qu'il se bat ?

— Oui ; il aura su que les renseignements venaient de moi, et il se sera tout naturellement adressé à moi.

— Oh ! un instant ! un instant ! s'écria Alfred, c'est que je vais lui dire…

— Tu ne diras rien. Ce monsieur est un manant à qui on ne parle pas ; d'ailleurs ton affaire n'a aucun rapport avec la mienne ; il m'a insulté, c'est à moi de me battre : voilà tout. Après moi tu auras ton tour.

— Ah ! oui, avec cela que tu les arranges bien quand tu t'en mêles. Mais celui-là, je t'en prie, ne me le tue pas tout à fait ; ce n'est qu'à cette condition-là que je te le laisse. Veux-tu un cigare ?

— Merci.

— Tu ne sais pas ce que tu refuses ; ce sont de véritables cigares du roi d'Espagne, que Vernon a rapportés de La Havane. Vous ne fumez pas, docteur ?

— Non.

— Vous avez tort.

Et Alfred alluma son cigare, s'accouda dans un coin de la voiture, et, tout entier à l'agréable occupation qu'il venait de se créer, s'abîma dans la volupté de la fumée.

V

L'allée de la Muette

Pendant ce temps-là, un jour pâle et maladif venait de se lever, et l'on commençait d'apercevoir le bois de Boulogne perdu au milieu du brouillard.

Une voiture marchait devant la nôtre, et, comme elle prit la porte Maillot, nous ne doutâmes plus que ce fût celle de notre adversaire ; nous ordonnâmes donc à notre cocher de la suivre. Elle se dirigea vers l'allée de la Muette, au tiers de laquelle elle s'arrêta ; la nôtre la joignit, et s'arrêta à son tour ; nous descendîmes.

Ces messieurs avaient déjà mis pied à terre.

Je jetai alors un coup d'œil sur Olivier.

Un changement complet s'était opéré en lui ; le mouvement nerveux qui l'agitait la veille avait complètement disparu, il était calme et froid ; un sourire de suprême dédain arquait sa bouche, et un léger pli entre les deux sourcils était la seule contraction qu'on pût remarquer sur son visage ; pas un mot ne sortait de sa bouche.

Son adversaire présentait un aspect tout opposé ; il parlait haut, riait avec éclat, gesticulait avec force ; mais, avec tout cela, son visage grimaçant était pâle et contracté ; de temps en temps un spasme nerveux lui serrait la poitrine et le forçait de bâiller.

Nous nous approchâmes de ses deux témoins, qui furent forcés de lui dire de s'éloigner[1].

Alors il fit en arrière quelques pas en sifflant, et se mit à piquer si violemment dans la terre la badine qu'il tenait qu'il la brisa.

Les préparatifs du combat étaient faciles à régler. Monsieur de Faverne avait indiqué l'heure, Olivier avait choisi les armes, tout arrangement était impossible.

La question était donc purement et simplement de savoir si l'on arrêterait le combat après une première blessure[2], ou si on lui laisserait telle suite qu'il plairait aux combattants de lui donner.

Olivier s'était prononcé à ce sujet, c'était un droit de sa position d'offensé : rien ne devait arrêter les épées, que la chute d'un des deux adversaires.

Les témoins discutèrent un instant, mais furent obligés de céder ; nous ne les connaissions ni l'un ni l'autre ; c'étaient des amis de monsieur Henry de Faverne ; et, à part leur tranchant et leurs manières de sous-officiers, nous les trouvâmes assez au fait des fonctions qu'ils remplissaient.

Je leur présentai les épées, qu'ils examinèrent.

Pendant cet examen, je revins vers Olivier.

Il était occupé à faire remarquer une faute héraldique qui s'était glissée dans le blason, sans doute improvisé, de son adversaire : le vicomte portait couleur sur couleur[3].

En me voyant, il me prit à part.

---

1. Voir n. 1, p. 53. **2.** Quand l'offense est légère, on convient d'arrêter le duel dès que le sang coule. **3.** Selon la règle dite de « contrariété des couleurs », il faut éviter de superposer émaux sur émaux (couleurs soutenues, c'est-à-dire azur, gueules, sable, sinople) et métaux sur métaux (or et argent, couleurs plus pâles) pour obtenir un effet contrasté.

— Tenez, me dit-il, voici deux lettres, l'une pour ma mère, l'autre pour…

Il ne prononça point le nom, mais me montra ce nom écrit sur la lettre : c'était celui d'une jeune personne qu'il aimait et qu'il était sur le point d'épouser.

— On ne sait pas ce qui peut arriver, continua-t-il ; s'il m'arrivait malheur, faites porter cette lettre à ma mère ; quant à l'autre, cher ami, ne la remettez qu'en main propre.

Je lui promis.

Puis, voyant que, plus le moment du combat approchait, plus son visage devenait calme :

— Mon cher Olivier, lui dis-je, je commence à croire que ce monsieur a eu tort de vous insulter, et qu'il va payer cher son imprudence.

— Oui, dit le docteur, surtout si votre sang-froid est réel.

Un sourire effleura les lèvres d'Olivier.

— Docteur, dit-il, dans l'état de santé ordinaire, combien de fois le pouls d'un homme qui n'a aucun motif d'agitation bat-il à la minute ?

— Mais, répondit Fabien, soixante-quatre ou soixante-cinq fois.

— Tâtez mon pouls, docteur, dit Olivier en tendant la main à Fabien.

Fabien tira sa montre, appuya son doigt sur l'artère, et, au bout d'une minute :

— Soixante-six pulsations, dit-il ; c'est miraculeux d'empire sur vous-même ; ou votre adversaire est un Saint-George, ou c'est un homme mort.

— Mon cher Olivier, dit Alfred en se retournant, es-tu prêt ?

— Moi ? dit Olivier, j'attends.

— Eh bien ! alors, messieurs, dit-il, rien n'empêche que l'affaire ne se vide ?

— Oui, oui, s'écria monsieur de Faverne ; oui, vite, vite, sacrebleu !

Olivier le regarda avec un léger sourire de mépris ; puis voyant qu'il jetait bas son habit et son gilet, il ôta les siens.

C'est alors qu'apparut une nouvelle différence entre ces deux hommes.

Olivier était mis avec une coquetterie charmante : il avait fait toilette complète pour se battre ; sa chemise était de la plus fine batiste, fraîche et soigneusement plissée ; sa barbe était nouvellement faite, ses cheveux ondulaient comme s'ils sortaient du fer de son valet de chambre.

Tout au contraire, la chevelure de monsieur de Faverne dénonçait une nuit agitée.

On voyait qu'il n'avait pas été coiffé depuis la veille, et que cette coiffure avait été fort dérangée par l'agitation de la nuit ; sa barbe était longue, et sa chemise de jaconas[1] était évidemment la même que celle avec laquelle il avait couché.

— Décidément cet homme est un manant, murmura Olivier.

Je lui remis une des épées, tandis qu'on remettait l'autre à son adversaire.

Olivier la prit par la lame et eut à peine l'air de la regarder : on eût dit qu'il tenait une canne.

Monsieur de Faverne prit au contraire la sienne par la poignée, fouetta deux ou trois fois l'air avec la lame ; puis il s'enveloppa la main avec un foulard, afin d'assurer d'autant mieux l'épée dans sa main.

Olivier seulement alors ôta ses gants, mais jugea inutile d'user de la précaution que venait de prendre son adversaire ; seulement alors je remarquai sa main :

1. Étoffe de coton légère.

elle avait la blancheur et la délicatesse d'une main de femme.

— Eh bien ! monsieur, dit monsieur de Faverne ; eh bien ?

— Eh bien ! j'attends, répondit Olivier.

— Allez, messieurs, dit Alfred.

Les adversaires, qui étaient à dix pas l'un de l'autre, se rapprochèrent alors ; je remarquai que plus Olivier se rapprochait, plus sa figure devenait douce et souriante.

Tout au contraire, celle de son adversaire prit un caractère de férocité dont j'aurais cru ses traits incapables ; son œil devint sanglant et son teint couleur de cendre.

Je commençai à être de l'avis d'Olivier : cet homme était un lâche.

Au moment où les épées se touchèrent, ses lèvres s'entrouvrirent et montrèrent ses dents convulsivement serrées.

Tous deux tombèrent en garde en face l'un de l'autre ; mais autant la pose d'Olivier était simple, facile, élégante, autant celle de son adversaire, quoique dans toutes les règles de l'art, était raide et anguleuse.

On voyait que cet homme avait appris à faire des armes à un certain âge, tandis que l'autre, en vrai gentilhomme, avait depuis son enfance joué avec des fleurets.

Monsieur de Faverne commença l'attaque : ses premiers coups furent vifs, serrés, précis ; mais, ces premiers coups portés, il s'arrêta comme étonné de la résistance de son adversaire. En effet, Olivier avait paré ses attaques avec la même facilité qu'il eût fait dans un assaut de salle d'armes.

Monsieur de Faverne en devint plus livide encore, si la chose était possible, et Olivier plus souriant.

Alors monsieur de Faverne changea de garde, plia sur ses genoux, écarta les jambes à la manière des maîtres italiens, et recommença les mêmes coups, mais en les accompagnant de ces cris qu'ont l'habitude de pousser, pour effrayer leurs adversaires, les prévôts de régiment[1].

Mais ce changement d'attaque n'eut aucune influence sur Olivier : sans reculer d'un pas, sans rompre d'une semelle[2], sans précipiter un seul de ses mouvements, son épée se lia à celle de son adversaire ou la précéda alternativement, comme s'il eût pu deviner les coups que celui-ci allait lui porter.

Il avait véritablement, comme il l'avait dit, un sang-froid terrible.

La sueur de l'impuissance et de la fatigue coulait sur le front de monsieur de Faverne ; les muscles de son cou et de ses bras se gonflaient comme des cordes ; mais sa main se fatiguait visiblement, et l'on comprenait que si l'épée n'était maintenue à son poignet par le foulard, à la première attaque un peu vive de son adversaire, son épée lui tomberait des mains.

Olivier, au contraire, continuait de jouer avec la sienne.

Nous regardions en silence ce jeu terrible, dont il nous était facile de deviner le résultat d'avance. Comme l'avait dit Olivier, on pouvait deviner que monsieur de Faverne était un homme perdu.

Enfin, au bout d'un instant, un sourire plus caractérisé se dessina sur les lèvres d'Olivier ; à son tour il simula un ou deux coups, puis un éclair passa dans ses yeux ; il se fendit[3], et d'un simple dégagement, mais

1. Maîtres instructeurs. 2. Sans céder si peu que ce soit.
3. Terme d'escrime : attaquer en s'avançant vivement en avant sur une jambe.

si serré, si vif que nous ne pûmes pas le suivre des yeux, il lui passa son épée au travers du corps.

Puis, sans prendre la précaution d'usage en pareil cas, c'est-à-dire de se rejeter en arrière par un pas de retraite, il abaissa son épée sanglante et attendit.

Monsieur de Faverne jeta un cri, porta la main gauche à sa blessure, secoua sa main droite pour la débarrasser de l'épée, qui, liée à son poignet, lui pesait comme une masse, puis, passant d'une pâleur livide à une pâleur cadavéreuse, il chancela un instant et tomba évanoui.

Olivier, sans le perdre tout à fait de l'œil, se retourna vers Fabien.

— Maintenant, docteur, dit-il de son son de voix habituel, et sans que la trace de la moindre émotion se fît reconnaître, maintenant, docteur, je crois que le reste vous regarde.

Fabien était déjà près du blessé.

Non seulement l'épée lui avait traversé le corps, mais elle avait encore été trouer la chemise flottante, tant le coup avait été profond ; le sang remontait à plus de dix-huit pouces sur la lame.

— Tenez, mon cher, me dit Olivier, voici votre épée ; c'est étonnant comme elle est montée à ma main. Chez qui l'avez-vous achetée ?

— Chez Devismes[1].

— Ayez donc la bonté de m'en commander une paire pareille.

— Gardez celles-ci ; vous vous en servez trop bien pour vous les reprendre.

— Merci, ça me fera plaisir de les avoir.

Puis, se retournant vers le blessé :

— Je crois que je l'ai tué, dit-il ; j'en serais fâché ;

1. Célèbre armurier français.

je ne sais pourquoi il me semble que ce malheureux-là ne doit point mourir de la main d'un honnête homme.

Puis, comme nous n'avions plus rien à faire là, que monsieur de Faverne était entre les mains de Fabien, c'est-à-dire d'un des plus habiles docteurs de Paris, nous remontâmes dans notre voiture, tandis qu'on portait le blessé dans la sienne.

Deux heures après, je reçus une magnifique pipe turque qu'Olivier m'envoyait en échange de mes épées.

Le soir, j'allai en personne prendre des nouvelles de monsieur de Faverne ; le lendemain, j'envoyai mon domestique ; le troisième jour, ma carte ; puis comme, ce troisième jour, j'appris que, grâce aux soins de Fabien, il était hors de danger, je cessai de m'occuper de lui.

Deux mois après, à mon tour, je reçus sa carte.

Puis je partis pour un voyage, et je ne le revis plus que le jour où je le retrouvai au bagne.

Olivier ne s'était pas trompé sur l'avenir de cet homme.

VI

Le manuscrit

On devine alors combien je fus curieux de connaître les événements qui avaient conduit aux galères cet homme, que, comme il le disait lui-même, j'avais rencontré dans le monde.

Je songeai alors tout naturellement à Fabien, qui, l'ayant soigné de la terrible blessure que lui avait faite Olivier, devait avoir recueilli sur cet homme de curieux détails.

Aussi ma première visite, à mon retour à Paris, fut-elle pour lui. Je ne m'étais pas trompé ; Fabien, qui a l'habitude d'écrire jour par jour tout ce qu'il fait, alla à son secrétaire, et, parmi plusieurs cahiers de papier séparés les uns des autres, en chercha un qu'il me remit.

— Tenez, mon ami, me dit-il, vous trouverez là-dedans tous les renseignements que vous désirez avoir ; je vous les confie, faites-en ce que vous voudrez, mais ne me les perdez pas ; ce cahier fait partie d'un grand ouvrage que je compte faire sur les maladies morales que j'ai traitées.

— Ah, diable ! mon cher, lui dis-je, il y aurait là un trésor pour moi.

— Aussi, cher ami, soyez tranquille ; si je meurs d'un certain anévrisme qui de temps en temps murmure tout bas aux oreilles de mon cœur que je ne suis que poussière, et que je dois m'attendre à retourner en poussière, ces cahiers vous sont destinés, et mon exécuteur testamentaire vous les remettra.

— Je vous remercie de l'intention, mais j'espère ne jamais recevoir le cadeau que vous me promettez ; vous avez à peine trois ou quatre ans de plus que moi.

— D'abord vous me flattez, j'en ai douze ou treize, si je ne me trompe ; mais que fait l'âge en pareille circonstance ? Je connais tel vieillard de soixante-dix ans qui est plus jeune que moi.

— Allons donc ! vous, docteur, vous avez de pareilles idées ?

— C'est justement parce que je suis docteur que je les ai. Tenez, voulez-vous voir la maladie que j'ai ? la voilà.

Il me conduisit devant un dessin parfaitement fait ; il représentait l'anatomie du cœur.

— J'ai fait faire ce dessin sur mes renseignements et pour mon usage particulier, continua-t-il, afin de juger matériellement, si je puis parler ainsi, ma situation. Vous le voyez, c'est un anévrisme. Un jour, ce tissu-là crèvera ; quand ? je n'en sais rien ; peut-être aujourd'hui, peut-être dans vingt ans ; mais ce qu'il y a de sûr, c'est qu'il crèvera ; alors en trois secondes ce sera fini. Et un beau matin, en déjeunant, vous entendrez dire : « Tiens, ce pauvre Fabien, vous savez ? – Oui. Eh bien ? – Il est mort subitement. – Bah ! Et comment cela ? – Oh, mon Dieu ! en tâtant le pouls à un malade. On l'a vu rougir, puis pâlir ; il est tombé sans pousser un seul cri ; on l'a relevé : il était mort. – Tiens ! c'est étrange ! » On en parlera deux jours dans le monde, huit jours à l'École de Médecine, quinze jours à l'Institut, et tout sera dit. Bonsoir, Fabien !

— Vous êtes fou, mon cher.

— C'est comme j'ai l'honneur de vous le dire. Mais, mille fois pardon ; il faut que je vous quitte, mon hôpital m'attend ; voilà votre cahier, prenez-en copie et faites-en ce que vous voudrez. Adieu.

Je serrai une dernière fois la main de Fabien en signe de remerciement, et je pris congé de lui, tout joyeux et tout attristé à la fois : tout attristé de la prédiction qu'il venait de me faire, et tout joyeux des renseignements que son cahier allait me donner.

Aussi je rentrai chez moi, je consignai ma porte, je mis ma robe de chambre, je m'étendis dans un grand fauteuil, j'allongeai mes pieds sur les chenets, et j'ouvris mon précieux mémoire.

Je copie littéralement, sans rien changer à la rédaction de Fabien[1].

1. Ici s'arrêtait la première livraison de *La Chronique*.

VII[1]

Ce… octobre[2], 18…

Cette nuit j'ai été prévenu, à une heure du matin, qu'un duel devait avoir lieu entre monsieur Henry de Faverne et monsieur Olivier d'Hornoy, et que ce dernier me faisait prier de les accompagner sur le terrain.

Je me rendis chez lui à cinq heures précises.

À six heures nous étions allée de la Muette, lieu du rendez-vous.

À six heures un quart, monsieur Henry de Faverne tombait blessé d'un coup d'épée.

Je m'élançai aussitôt vers lui, tandis qu'Olivier et ses témoins remontaient en voiture et reprenaient le chemin de Paris ; le blessé était évanoui.

Il était évident, en effet, que la blessure était sinon mortelle du moins des plus graves : la pointe du fer triangulaire entrait du côté droit et était sortie de plusieurs pouces du côté gauche.

Je pratiquai à l'instant même une saignée[3].

J'avais recommandé au cocher de prendre, en revenant, l'avenue de Neuilly et les Champs-Élysées,

1. Ce chapitre sans titre, que nous reprenons, apparaît dans l'édition Lévy de 1856. La coupure était nettement marquée dans *La Chronique* et l'édition Souverain. 2. Voir n. 2, p. 53. 3. Voir n. 2, p. 55.

d'abord parce que cette route était la plus courte, mais surtout parce que la voiture, pouvant rouler continuellement sur la terre[1], devait moins fatiguer le blessé.

En arrivant à la hauteur de l'Arc-de-Triomphe, monsieur de Faverne donna quelques signes de vie ; sa main s'agita et, paraissant chercher le siège d'une douleur profonde, s'arrêta sur sa poitrine.

Deux ou trois soupirs étouffés, qui firent jaillir le sang par sa double plaie, s'échappèrent péniblement de sa bouche. Enfin il entrouvrit les yeux, regarda ses deux témoins, puis, fixant son regard sur moi, me reconnut, et, faisant un effort, murmura :

— Ah ! c'est vous, docteur ? Je vous en supplie, ne m'abandonnez pas ; je me sens bien mal.

Puis, épuisé par cet effort, il referma les yeux, et une légère écume rougeâtre vint humecter ses lèvres.

Il était évident que le poumon était offensé.

— Soyez tranquille, lui dis-je ; vous êtes gravement blessé, il est vrai, mais la blessure n'est pas mortelle.

Il ne me répondit pas, n'ouvrit pas les yeux, mais je sentis qu'il me serrait faiblement la main avec laquelle je lui tâtais le pouls.

Tant que la voiture roula sur la terre, tout alla bien ; mais en arrivant à la place de la Révolution[2], le cocher fut obligé de prendre le pavé, et alors les soubresauts de la voiture parurent faire tant souffrir le malade, que je demandai à ses témoins si l'un d'eux ne demeurait

1. Les Champs-Élysées n'étaient pas encore pavés en 1831.
2. D'abord appelée place Louis-XV, elle fut baptisée en 1792 place de la Révolution et vit l'exécution, entre autres victimes, de Louis XVI et de Marie-Antoinette. En 1795, elle devint la place de la Concorde, redevint place Louis-XV en 1814 puis place Louis-XVI sous la Restauration, et de nouveau place de la Concorde après la révolution de Juillet.

pas dans le voisinage, afin d'épargner au blessé le chemin qui lui restait à faire jusqu'à la rue Taitbout[1].

Mais à cette demande que, malgré son insensibilité apparente, monsieur de Faverne entendit, il s'écria :

— Non, non, chez moi !

Convaincu que l'impatience morale ne pouvait qu'ajouter au danger physique, j'abandonnai donc ma première idée, et laissai le cocher continuer sa route.

Après dix minutes d'angoisses, et pendant lesquelles je voyais à chaque cahot se contracter douloureusement la figure du blessé, nous arrivâmes rue Taitbout, n° 11.

Monsieur de Faverne demeurait au premier.

Un des témoins monta prévenir les domestiques, afin qu'ils vinssent nous aider à transporter leur maître : deux laquais en livrée éclatante et galonnée sur toutes les coutures descendirent.

J'ai l'habitude de juger les hommes non seulement par eux-mêmes, mais encore par ceux qui les entourent ; j'examinai donc ces deux valets : ni l'un ni l'autre ne montra le moindre intérêt au blessé.

Il était évident qu'ils étaient au service de monsieur de Faverne depuis peu de temps, et que ce service ne leur avait inspiré pour leur maître aucune sympathie.

Nous traversâmes une suite d'appartements qui me parurent somptueusement meublés, mais que je ne pus examiner en détail, et nous arrivâmes à la chambre à coucher ; le lit était encore défait, comme l'avait laissé son maître.

Le long de la tenture, du côté du chevet, à la portée de la main, étaient deux pistolets et un poignard turc.

Nous étendîmes le blessé sur son lit, les deux domestiques et moi, car les témoins, jugeant leur présence inutile, étaient déjà partis.

---

1. Dans le quartier de la Chaussée-d'Antin, où réside la bonne société orléaniste.

Voyant que la blessure ne voulait pas saigner davantage, j'opérai alors le pansement.

Le pansement fini, le blessé fit signe aux valets de se retirer, et nous restâmes seuls.

Malgré le peu d'intérêt que j'avais pris jusque-là à monsieur de Faverne, pour lequel j'éprouvais alors je ne sais quelle répulsion, l'isolement où j'allais le laisser m'attrista.

Je regardai autour de moi, fixant particulièrement mes yeux sur les portes, et m'attendant toujours à voir entrer quelqu'un, mais mon attente fut trompée.

Cependant je ne pouvais rester plus longtemps près de lui, mes occupations journalières m'appelaient : il était sept heures et demie, et à huit heures je devais être à la Charité[1].

— N'avez-vous donc personne pour vous soigner ? lui demandai-je.

— Personne, répondit-il d'une voix sourde.

— Vous n'avez pas un père, une mère, un parent ?

— Personne.

— Une maîtresse ?

Il secoua la tête en soupirant, et il me sembla qu'il murmura le nom de Louise, mais ce nom resta si inarticulé que je demeurai dans le doute.

— Je ne puis pourtant pas vous abandonner ainsi, repris-je.

— Envoyez-moi une garde, balbutia le blessé, et dites-lui que je la paierai bien.

Je me levai pour le quitter.

— Vous vous en allez déjà ?... me dit-il.

— Il le faut, j'ai mes malades ; si c'étaient des riches, peut-être aurais-je le droit de les faire attendre ; mais ce sont des pauvres, je dois être exact.

---

1. Un des plus célèbres hôpitaux de Paris, sur l'emplacement duquel s'élève aujourd'hui la faculté de médecine.

— Vous reviendrez dans la journée, n'est-ce pas ?

— Oui, si vous le désirez.

— Certainement, docteur, et le plus tôt possible, n'est-ce pas ?

— Le plus tôt possible,

— Vous me le promettez ?

— Je vous le promets.

— Allez, donc !

Je fis deux pas vers la porte, le blessé fit un mouvement comme pour me retenir et ouvrit la bouche :

— Que désirez-vous ? lui demandai-je.

Il laissa retomber sa tête sur son oreiller sans me répondre.

Je me rapprochai de lui.

— Dites, continuai-je, et s'il est en mon pouvoir de vous rendre un service quelconque, je vous le rendrai.

Il parut prendre une résolution.

— Vous m'avez dit que la blessure n'était pas mortelle ?

— Je vous l'ai dit.

— Pouvez-vous m'en répondre ?

— Je le crois ; mais cependant, si vous avez quelque arrangement à prendre…

— C'est-à-dire, n'est-ce pas, que d'un moment à l'autre je puis mourir ?

Et il devint plus pâle qu'il n'était, et une sueur froide perla à la racine de ses cheveux.

— Je vous ai dit que la blessure n'était pas mortelle, mais en même temps je vous ai dit qu'elle était grave.

— Monsieur, je puis avoir confiance en votre parole, n'est-ce pas ?

— Il ne faut rien demander à ceux dont on doute…

— Non, non, je ne doute pas de vous. Tenez, ajouta-t-il en me présentant une clef qu'il détacha d'une chaîne pendue à son col, ouvrez avec cette clef le tiroir de ce secrétaire.

Je fis ce qu'il demandait ; il se souleva sur le coude ; tout ce qui lui restait de vie semblait s'être concentré dans ses yeux.

— Vous voyez un portefeuille ? dit-il.

— Le voici.

— Il est plein de papiers de famille qui n'intéressent que moi ; docteur, faites-moi le serment que, si je mourais, vous jetteriez ce portefeuille au feu.

— Je vous le promets.

— Sans les lire ?

— Il est fermé à clef.

— Oh ! une serrure de portefeuille est si facile à ouvrir…

Je laissai retomber le portefeuille.

Quoique la phrase fût insultante, elle m'avait inspiré plus de dégoût que de colère.

Le malade vit qu'il m'avait blessé.

— Pardon, me dit-il, cent fois pardon ; mais c'est le séjour des colonies qui m'a rendu défiant. Là-bas on ne sait jamais à qui l'on parle. Pardon, reprenez ce portefeuille, et promettez-moi de le brûler si je meurs.

— Pour la seconde fois, je vous le promets.

— Merci.

— Est-ce tout ?

— N'y a t-il pas dans le même tiroir plusieurs billets de banque ?

— Oui, deux de mille, trois de cinq cents.

— Soyez assez bon pour me les donner, docteur.

Je pris les cinq billets et les lui remis, il les froissa dans sa main, et en fit une boule ronde qu'il poussa sous son oreiller.

— Merci, dit-il, épuisé par l'effort qu'il venait de faire…

Puis, se laissant aller sur son traversin :

— Ah ! docteur, murmura-t-il, je crois que je meurs ! Docteur, sauvez-moi, et ces cinq billets de banque sont à vous, le double, le triple s'il le faut. Ah !...

J'allai à lui, il était évanoui de nouveau.

Je sonnai un laquais, tout en faisant respirer au blessé un flacon de sels anglais.

Au bout de quelques instants, je sentis au mouvement de son pouls qu'il revenait à lui.

— Allons, murmura-t-il, ce n'est pas encore pour cette fois. Puis, entrouvrant les yeux et me regardant :

— Merci, docteur, de ne pas m'avoir abandonné, dit-il.

— Cependant, repris-je, il faut enfin que je vous quitte.

— Oui, mais revenez au plus tôt.

— À midi je serai ici.

— Et d'ici là, croyez-vous qu'il y ait quelque danger ?

— Je ne crois pas ; si le fer avait touché quelque organe essentiel vous seriez mort à présent.

— Et vous m'envoyez une garde ?

— À l'instant même ; en l'attendant votre domestique peut ne pas vous quitter.

— Sans doute, dit le laquais, je puis rester près de Monsieur.

— Non, non ! s'écria le blessé, allez près de votre camarade ; je désire dormir, et en restant là vous m'en empêcheriez.

Le laquais sortit.

— Ce n'est pas prudent de rester seul, lui dis-je.

— N'est-il pas bien plus imprudent encore, me reprit-il, de rester avec un drôle qui peut m'assassiner pour me voler ? Le trou est tout fait, ajouta-t-il à voix basse ; et en introduisant une épée dans la blessure, on peut trouver le cœur que mon adversaire a manqué.

Je frémis à l'idée qui avait traversé l'esprit de cet

homme ; qu'était-il donc lui-même pour qu'il lui vînt de pareilles pensées[1] ?

— Non, ajouta-t-il, non, au contraire, enfermez-moi ; prenez la clef, donnez-la à la garde, et recommandez-lui de ne me quitter ni jour ni nuit ; c'est une honnête femme, n'est-ce pas ?

— J'en réponds.

— Eh bien ! allez ; au revoir… à midi.

— À midi.

Je sortis ; et, suivant ses instructions, je l'enfermai.

— À double tour, cria-t-il, à double tour !

Je donnai un autre tour de clef.

— Merci, dit-il d'une voix affaiblie.

Je m'éloignai.

— Votre maître veut dormir, dis-je aux laquais qui riaient dans l'antichambre ; et comme il craint que vous n'entriez chez lui sans être appelés, il m'a remis cette clef pour la garde qui va venir.

Les laquais échangèrent un regard singulier, mais ne répondirent rien.

---

1. Nous préférons ici la leçon du manuscrit à celle de l'édition originale, qui répète le mot « idée ».

VIII

Le malade

Je sortis.

Cinq minutes après, j'étais chez une excellente garde-malade, à qui je donnai des instructions, et qui s'achemina à l'instant même vers la demeure de monsieur Henry de Faverne.

Je revins à midi, comme je le lui avais promis.

Il dormait encore.

J'eus un instant l'idée de continuer mes courses et de revenir plus tard.

Mais il avait tant recommandé à la garde qu'on me priât, si je venais, d'attendre son réveil, que je m'assis dans le salon, au risque de perdre une demi-heure de ce temps toujours si précieux pour un médecin.

Je profitai de cette attente pour jeter un coup d'œil autour de moi, et pour achever, s'il m'était possible, par la vue des objets extérieurs, de me faire une opinion positive[1] sur cet homme.

Au premier abord, tous les objets revêtaient l'aspect de l'élégance, et ce n'est qu'en examinant l'appartement en détail qu'on y reconnaissait le cachet d'une somptuosité sans goût : les tapis étaient d'une couleur

---

1. Fondée sur des faits et des réalités.

éclatante, et des plus beaux que puissent fournir les magasins de Sallandrouze[1], mais ils ne s'harmoniaient[2] ni avec la couleur des tentures ni avec celle des meubles.

Partout l'or dominait : les moulures des portes et du plafond étaient dorées, des franges d'or pendaient aux rideaux, et la tapisserie disparaissait sous la multitude de cadres dorés qui couvraient les murailles et qui contenaient des gravures à vingt francs, ou de mauvaises copies de tableaux de maîtres qu'on avait dû vendre à l'ignorant acquéreur pour des originaux.

Quatre étagères s'élevaient aux quatre coins du salon, mais au milieu de quelques chinoiseries[3] assez précieuses se pavanaient des ivoires de Dieppe et des porcelaines modernes si grossièrement travaillées qu'elles ne laissaient pas même la chance de croire qu'elles s'étaient glissées là comme des figurines de Saxe[4].

La pendule et les candélabres étaient dans le même goût, et une table chargée de livres magnifiquement reliés complétait l'ensemble, en offrant un prospectus[5] assez médiocre des lectures habituelles du maître de la maison.

Le tout était neuf et paraissait acheté depuis trois ou quatre mois au plus.

J'achevais cet examen, qui ne m'avait rien appris de nouveau, mais qui m'avait confirmé dans l'opinion que j'étais chez quelque nouvel enrichi, au goût défectueux,

---

1. La famille Sallandrouze de Lamornaix était propriétaire des manufactures de tapisseries d'Aubusson. **2.** S'harmonier : s'harmoniser. **3.** Objets en porcelaine de Chine. **4.** La Saxe était célèbre pour ses manufactures de porcelaine, et les figurines étaient particulièrement prisées. **5.** Brochure de présentation. Ici, par extension, image révélatrice.

qui était bien parvenu à réunir autour de lui les insignes mais non la réalité de la vie élégante, lorsque la garde entra, et me dit que le blessé venait de se réveiller.

Je passai aussitôt du salon dans la chambre à coucher.

Là, toute mon attention fut absorbée par le malade.

Cependant, au premier coup d'œil, je m'aperçus que son état n'avait point empiré ; au contraire, les symptômes continuaient d'être favorables.

Je le rassurai donc, car ses craintes continuaient d'être les mêmes, et la fièvre qui l'agitait leur donnait un certain degré d'exagération pénible à voir dans un homme. Maintenant, comment cet homme si faible avait-il accompli cet acte de courage d'insulter un homme connu comme Olivier pour sa facilité à mettre l'épée à la main, et comment, l'ayant insulté, s'était-il conduit sur le terrain comme il avait fait ? C'était un mystère dont le secret devait être l'objet d'un calcul suprême, ou, au contraire, d'une colère incalculée. Je pensai, au reste, que quelque jour tout cela s'éclaircirait pour moi, peu de secrets demeurant cachés obstinément aux médecins.

Moins préoccupé de son état, je pus alors examiner sa personne ; c'était, comme son appartement, un composé d'anomalies.

Tout ce que l'art avait pu aristocratiser en lui avait pris un certain caractère d'élégance ; ses cheveux d'un blond fade étaient coupés à la mode, ses favoris rares étaient taillés avec régularité.

Mais la main qu'il me tendait pour que je lui tâtasse le pouls était commune, les soins qu'il en avait pris depuis quelque temps n'avaient pu en corriger la grossièreté native ; ses ongles étaient mal faits, rongés, vulgaires ; et, près de son lit, des bottes qu'il avait quittées le matin même indiquaient que son pied[1] était, comme la main, d'origine toute plébéienne.

Comme je l'ai dit, le blessé avait la fièvre, et cependant cette fièvre, quoique assez forte, avait peine à donner de l'expression à ses yeux, qui, à ce que je remarquai, ne se fixaient presque jamais directement ni sur un homme ni sur une chose ; en échange, sa parole était d'une agitation et d'une volubilité extrêmes.

— Ah ! vous voilà donc, mon cher docteur, me dit-il ; eh bien ! vous le voyez, je ne suis pas encore mort, et vous êtes un grand prophète ; mais suis-je hors de danger, docteur ? Ce maudit coup d'épée ! il était bien appliqué. Il passe donc sa vie à faire des armes, ce spadassin[2], ce calomniateur, ce misérable Olivier ?

Je l'interrompis.

— Pardon, lui dis-je, je suis le médecin et l'ami de monsieur d'Hornoy ; c'est lui que j'ai suivi sur le terrain, et non pas vous. Je vous connais de ce matin, monsieur, et lui, je le connais depuis dix ans. Vous comprenez donc que, si vous continuez à l'attaquer, je serai forcé de vous prier de vous adresser à quelqu'un de mes confrères.

— Comment, docteur, s'écria le blessé, vous m'abandonneriez dans l'état où je suis ? Ce serait affreux. Sans compter que vous trouverez peu de pratiques qui paieront comme moi.

— Monsieur !

— Oh ! oui, je sais, vous faites tous semblant d'être désintéressés ; puis quand vient, comme on dit, le quart

---

1. Le manuscrit précise : « [...] son pied, signe suprême de la race, était [...] ». La finesse des extrémités est censée dénoter une origine aristocratique. Dumas se vante, dans *Mes mémoires*, de posséder cette particularité. 2. Personne qui se bat volontiers, voire tueur à gages.

d'heure de Rabelais[1], vous savez bien présenter votre mémoire.

— C'est possible, monsieur, qu'on ait ce reproche à faire à quelques-uns de mes confrères, mais je vous prouverai, quant à moi, en ne prolongeant pas mes visites au-delà du terme strictement nécessaire, que l'avidité que vous reprochez à mes collègues n'est pas mon défaut dominant.

— Allons, voilà que vous vous fâchez, docteur ?

— Non, je réponds à ce que vous me dites.

— C'est qu'il ne faut pas trop faire attention à ce que je dis ; vous savez, nous autres gentilshommes, nous avons quelquefois la parole un peu leste ; pardonnez-moi donc.

Je m'inclinai, il me tendit la main.

— J'ai déjà tâté votre pouls, lui dis-je, il est aussi bon qu'il peut l'être.

— Allons, voilà que vous me gardez rancune parce que j'ai dit du mal de monsieur Olivier ; il est votre ami, j'ai eu tort ; mais il est tout simple que je lui en veuille, à part le coup d'épée qu'il m'a donné.

— Et que vous êtes venu chercher, répondis-je, d'une façon à ce qu'il ne vous le refusât point, vous en conviendrez.

— Oui, je l'ai insulté ; mais je voulais me battre avec lui, et quand on veut se battre avec les gens, il faut bien les insulter. Pardon, docteur, voulez-vous me rendre le service de sonner ?

Je tirai le cordon de la sonnette, un des valets entra.

— Est-on venu s'informer de ma santé de la part de monsieur de Macartie ?

---

1. Rabelais (1483-1553) est un célèbre écrivain et médecin de la Renaissance. L'expression désigne le moment où le praticien présente sa note (son « mémoire »).

— Non, monsieur le baron[1], répondit le laquais.

— C'est singulier, murmura le malade, visiblement fâché de ce manque d'intérêt.

Il y eut un instant de silence, pendant lequel je fis un mouvement pour prendre ma canne.

— Car vous savez ce qu'il m'a fait, votre ami Olivier ?

— Non. J'ai entendu parler de quelques mots dits sur vous au club, n'est-ce point cela ?

— Il m'a fait, ou plutôt il a voulu me faire manquer un mariage magnifique : une jeune personne de dix-huit ans, belle comme les amours, et cinquante mille livres de rente, rien que cela.

— Et comment a-t-il pu vous faire manquer ce mariage ?

— Par ses calomnies, docteur : en disant qu'il ne connaissait personne de mon nom à la Guadeloupe, tandis que mon père, le comte de Faverne, possède là-bas deux lieues de terrain, une habitation magnifique avec trois cents Noirs. Mais j'ai écrit à monsieur de Malpas, le gouverneur, et dans deux mois ces papiers seront ici ; on verra lequel de nous deux a menti.

— Olivier pourra s'être trompé, monsieur, mais il n'aura pas menti.

— Et, en attendant, voyez-vous, il est cause que celui qui devait être mon beau-père n'envoie pas même demander de mes nouvelles.

— Il ignore peut-être que vous vous êtes battu ?

— Il ne l'ignore pas, puisque je le lui avais dit hier.

— Vous le lui avez dit ?

— Certainement. Lorsqu'il m'a rapporté les propos que monsieur Olivier tenait sur moi, je lui dis : « Ah ! c'est comme cela ! eh bien ! pas plus tard que ce soir,

1. Petite étourderie de Dumas : à partir de cette page, le vicomte devient baron.

j'irai lui chercher une querelle, à ce beau monsieur Olivier, et l'on verra si j'en ai peur. »

Je commençai à comprendre le courage momentané de mon malade. C'était de l'argent placé à cent pour cent ; un duel pouvait lui rapporter une jolie femme et cinquante mille livres de rente : il s'était battu.

Je me levai.

— Quand vous reverrai-je, docteur ?

— Demain je viendrai lever l'appareil[1].

— J'espère que si l'on parle de ce duel devant vous, docteur, vous direz que je me suis bien conduit.

— Je dirai ce que j'ai vu, monsieur.

— Ce misérable Olivier, murmura le blessé, j'aurais donné cent mille francs pour le tuer sur le coup.

— Si vous êtes assez riche pour payer cent mille francs la mort d'un homme, répondis-je, vous devez moins regretter votre mariage, qui n'ajoutait que cinquante mille livres de rente à votre fortune.

— Oui ; mais ce mariage me plaçait, ce mariage me permettait de cesser des spéculations hasardeuses ; un jeune homme, d'ailleurs, né avec des goûts aristocratiques, n'est jamais assez riche. Aussi je joue à la Bourse ; il est vrai que j'ai du bonheur : le mois passé j'ai gagné plus de trente mille francs.

— Je vous en fais mon compliment, monsieur. À demain.

— Attendez donc… je crois qu'on a sonné !

— Oui.

— On vient ?

— Oui.

Un domestique entra.

Pour la première fois, je vis les yeux du baron s'arrêter fixement sur un homme.

1. Enlever l'ensemble de compresses et de bandes appliquées sur la plaie.

— Eh bien ?... demanda-t-il, sans donner le temps au valet de parler.

— Monsieur le baron, dit le valet, c'est monsieur le comte de Macartie qui fait demander de vos nouvelles.

— En personne ?

— Non, il envoie son valet de chambre.

— Ah ! fit le malade, et vous avez répondu... ?

— Que monsieur le baron était grièvement blessé, mais que le docteur avait répondu de lui.

— Est-ce vrai, docteur, que vous répondez de moi ?

— Eh ! oui, mille fois oui, repris-je, à moins cependant que vous ne fassiez quelque imprudence.

— Oh ! quant à cela, soyez tranquille. Dites-moi, docteur, puisque monsieur le comte de Macartie envoie demander de mes nouvelles, cela prouve qu'il ne croit pas aux propos de monsieur Olivier.

— Sans doute.

— Eh bien ! alors guérissez-moi vite, et vous serez de la noce.

— Je ferai de mon mieux pour arriver à ce but.

Je saluai, et je sortis.

IX

Le billet de cinq cents francs

Une fois dehors, je respirai plus librement. Chose singulière, cet homme m'inspirait une répulsion que je ne pouvais comprendre, et qui ressemblait au dégoût qu'on éprouve à la vue d'une araignée ou d'un crapaud ; j'avais hâte de le voir hors de danger pour cesser toute relation avec lui.

Le lendemain, je revins comme je le lui avais promis ; la blessure allait à merveille. Le propre des plaies faites par les coups d'épée est de tuer raide ou de guérir vite. La blessure de monsieur de Faverne promettait une guérison rapide.

Huit jours après, il était hors de danger.

Selon la promesse que je m'étais faite, je lui annonçai alors que mes visites devenant parfaitement inutiles, j'allais les cesser à compter du lendemain.

Il insista pour que je revinsse, mais mon parti était pris, je tins bon.

— En tout cas, dit le convalescent, vous ne refuserez pas de me rapporter vous-même le portefeuille que je vous ai remis : il est d'une trop grande valeur pour le confier à un domestique, et je compte sur ce dernier acte de votre complaisance.

Je m'y engageai.

Le lendemain, je rapportai effectivement le portefeuille ; monsieur de Faverne me fit asseoir près de son lit, et, tout en jouant avec le portefeuille, l'ouvrit. Il pouvait contenir une soixantaine de billets de banque, la plupart de mille francs ; le baron en tira deux ou trois, et s'amusa à les chiffonner.

Je me levai.

— Docteur, reprit-il, n'y a-t-il pas une chose qui vous étonne comme moi ?

— Laquelle ? demandai-je.

— C'est qu'on ait le courage de contrefaire un billet de banque.

— Cela m'étonne, parce que c'est une lâche et infâme action.

— Infâme, peut-être, mais pas si lâche. Savez-vous qu'il faut une main bien ferme pour écrire ces deux petites lignes :

LA LOI PUNIT DE MORT
LE CONTREFACTEUR[1].

— Oui, sans doute, mais le crime a son courage à lui. Tel qui attend un homme au coin d'un bois pour l'assassiner a presque autant de courage qu'un soldat qui monte à l'assaut, ou qui enlève une batterie ; cela n'empêche pas que l'on décore l'un et qu'on envoie l'autre à l'échafaud.

— À l'échafaud ! Je comprends qu'on envoie un assassin à l'échafaud, mais ne trouvez-vous pas, docteur, que guillotiner un homme pour avoir fait de faux billets, c'est bien cruel ?

1. C'est la Convention qui est à l'origine de cette mention sur les assignats. À partir de 1830, la peine de mort ne fut plus appliquée pour les faux-monnayeurs. Dumas raconte dans *Mes mémoires* (chap. CLXVI) comment il a obtenu la grâce royale pour un faussaire condamné aux galères.

Le baron dit ces mots avec une altération de voix et de visage si visible, qu'elle me frappa.

— Vous avez raison, lui dis-je ; aussi sais-je de bonne source que l'on doit incessamment adoucir cette peine, et la borner aux galères[1].

— Vous savez cela, docteur ? s'écria vivement le malade ; vous savez cela… En êtes-vous sûr ?

— Je l'ai entendu dire à celui-là même dont la proposition viendra.

— Au roi. Au fait, c'est vrai, vous êtes médecin par quartier du roi. Ah ! le roi a dit cela ! Et quand cette proposition doit-elle être faite ?

— Je ne sais.

— Informez-vous, docteur, je vous en prie ; cela m'intéresse.

— Cela vous intéresse, vous ? demandai-je avec surprise.

— Sans doute. Cela n'intéresse-t-il pas tout ami de l'humanité d'apprendre qu'une loi trop sévère est abrogée ?

— Elle n'est pas abrogée, monsieur ; seulement les galères remplaceront la mort ; cela vous paraît-il une bien grande amélioration au sort des coupables ?

— Non, sans doute, non ! reprit le baron embarrassé ; on pourrait même dire que c'est pis ; mais au moins la vie et l'espoir restent ; le bagne n'est qu'une prison, et il n'y a pas de prison dont on ne parvienne à se sauver.

Cet homme me répugnait de plus en plus ; je fis un mouvement pour m'en aller.

— Eh bien ! docteur, vous me quittez déjà ? dit le baron en roulant avec embarras deux ou trois billets de banque dans sa main, avec l'intention visible de les glisser dans la mienne.

1. La loi fut effectivement modifiée dans ce sens en 1832.

— Sans doute, repris-je en faisant un nouveau pas en arrière ; n'êtes-vous pas guéri, monsieur ? À quoi donc pourrais-je vous être bon maintenant ?

— Comptez-vous pour rien le plaisir de votre société ?

— Malheureusement, monsieur, nous autres médecins, nous avons peu de temps à donner à ce plaisir, si vif qu'il soit. Notre société, à nous, c'est la maladie, et dès que nous l'avons chassée d'une maison, il faut que nous sortions derrière elle pour la poursuivre dans une autre. Ainsi donc, monsieur le baron, permettez que je prenne congé de vous.

— Mais n'aurai-je donc pas le plaisir de vous revoir ?

— J'en doute, monsieur ; vous courez le monde, et moi j'y vais peu ; mes heures sont comptées, et chacune d'elles a son emploi.

— Mais si cependant je retombais malade ?

— Oh ! ceci est autre chose, monsieur.

— Ainsi dans ce cas je pourrais compter sur vous ?

— Parfaitement.

— Docteur, votre parole.

— Je n'ai pas besoin de vous la donner, puisque je ne ferais qu'accomplir un devoir.

— N'importe, donnez-la-moi toujours.

— Eh bien ! monsieur, je vous la donne.

Le baron me tendit de nouveau la main ; mais comme je me doutais que cette main renfermait toujours les billets de banque en question, je fis semblant de ne pas voir le geste amical par lequel il prenait congé de moi, et je sortis.

Le lendemain, je reçus sous pli, et avec la carte de monsieur le baron Henry de Faverne, un billet de banque de mille francs et un de cinq cents.

Je lui répondis aussitôt :

« Monsieur le baron,

Si vous aviez attendu que je vous présentasse mon mémoire, vous auriez vu que je n'estimais pas mon faible mérite si haut que vous voulez bien le faire.

J'ai l'habitude de fixer moi-même le prix de mes visites ; et, pour mettre en repos votre générosité, je vous préviens que je les porte avec vous au plus haut, c'est-à-dire à vingt francs.

J'ai eu l'honneur de me rendre dix fois chez vous, c'est donc deux cents francs seulement que vous me devez : vous m'avez envoyé quinze cents francs, je vous en renvoie treize cents.

J'ai l'honneur d'être, etc., etc.

Fabien. »

En effet, je gardai le billet de cinq cents francs, et renvoyai au baron de Faverne celui de mille francs avec trois cents francs d'argent ; puis je mis ce billet dans un portefeuille où se trouvaient déjà une douzaine d'autres billets de la même somme.

Le lendemain, j'eus quelques emplettes à faire chez un bijoutier. Ces emplettes se montaient à deux mille francs, je payai avec quatre billets de banque de cinq cents francs chacun.

Huit jours après, le bijoutier, accompagné de deux exempts de police, se présenta chez moi.

Un des quatre billets que je lui avais donnés avait été reconnu faux à la banque, où il avait un paiement à faire.

On lui avait alors demandé de qui il tenait ces billets, il m'avait nommé, et l'on venait aux enquêtes auprès de moi.

Comme j'avais tiré ces quatre billets d'un portefeuille où, comme je l'ai dit, il y en avait une douzaine d'autres, et que ces billets me venaient de différentes sources, il me fut impossible de donner aucun renseignement à la justice.

Seulement, comme je connaissais mon bijoutier pour un parfait honnête homme, je déclarai que j'étais prêt à rembourser les cinq cents francs si l'on me représentait le billet ; mais on me répondit que ce n'était point l'habitude, la banque payant tous les billets qu'on lui présentait, fussent-ils reconnus faux.

Le bijoutier, parfaitement lavé du soupçon d'avoir passé sciemment un faux billet, sortit de chez moi.

Après quelques nouvelles questions, les deux agents de police sortirent à leur tour, et je n'entendis plus parler de cette sale affaire.

X

Un coin du voile

Trois mois s'étaient écoulés lorsque, dans ma correspondance du matin, je trouvai le petit billet suivant :

« Mon cher docteur,

Je suis vraiment bien malade, et j'ai sérieusement besoin de toute votre science ; passez donc aujourd'hui chez moi, si vous ne me *gardé* pas *rencune*.

Votre tout dévoué,

Henry, baron de Faverne,
rue Taitbout, n° 11. »

Cette lettre, que je rapporte textuellement avec les deux fautes d'orthographe dont elle était ornée, confirma l'opinion que je m'étais faite du manque d'éducation de mon client. Au reste, si, comme il le disait, il était né à la Guadeloupe, la chose était moins étonnante. On sait en général combien l'éducation des colons est négligée.

Mais, d'un autre côté, le baron de Faverne n'avait ni les petites mains, ni les petits pieds[1], ni la taille

1. Voir n. 1, p. 86.

svelte et gracieuse, ni le charmant parler des hommes des tropiques, et, pour moi, il était évident que j'avais affaire à quelque provincial dégrossi par le séjour de la capitale.

Au reste, comme il pouvait effectivement être malade, je me rendis chez lui.

J'entrai et le trouvai dans un petit boudoir tendu de damas[1] violet et orange.

À mon grand étonnement, cette espèce de réduit était d'un goût supérieur au reste de l'appartement.

Il était à demi couché sur un sofa, dans une pose visiblement étudiée, et vêtu d'un pantalon de soie à pieds et d'une robe de chambre éclatante ; il roulait entre ses gros doigts un charmant petit flacon de Klagmann[2] ou de Benvenuto Cellini[3].

— Ah ! que c'est bon et gracieux à vous d'être venu me voir, docteur, dit-il en se soulevant à demi et me faisant signe de m'asseoir. Au reste, je ne vous ai pas menti ; je suis horriblement souffrant.

— Qu'avez-vous ? lui demandai-je ; serait-ce votre blessure ?

— Non ; grâce à Dieu, il n'y paraît pas plus maintenant que si c'était une simple piqûre de sangsue. Non, je ne sais pas, docteur ; si je ne craignais pas que vous vous moquiez de moi, je vous dirais que je crois que j'ai des vapeurs.

Je souris.

— Oui, n'est-ce pas, continua-t-il, c'est une maladie que vous réservez exclusivement pour vos belles malades. Mais le fait est qu'il n'en est pas moins vrai que

---

1. Riche étoffe de soie, à l'origine fabriquée à Damas. **2.** Jules Klagmann (1810-1867) est un sculpteur et orfèvre français, qui débute au Salon de 1831. **3.** Célèbre orfèvre et sculpteur de la Renaissance italienne (1500-1571), auquel Dumas vient de consacrer un roman, *Ascanio* (1843).

je souffre beaucoup, et cela sans savoir dire ce dont je souffre, ni comment je souffre.

— Diable ! ça devient dangereux. Serait-ce de l'hypocondrie[1] ?

— Comment dites-vous cela, docteur ?

Je répétai le mot, mais je vis qu'il ne présentait aucun sens à l'esprit du baron de Faverne ; en attendant, je lui pris la main et posai les deux doigts sur l'artère.

Il avait, en effet, le pouls nerveux et agité.

Pendant que je calculais les battements de l'artère, on sonna ; le baron bondit, et les pulsations se hâtèrent.

— Qu'avez-vous ? lui demandai-je.

— Rien, répondit-il, seulement c'est plus fort que moi, quand j'entends une sonnette, je tressaille ; et puis, tenez, je dois pâlir. Ah ! docteur, je vous le dis, je suis bien malade.

En effet, le baron était devenu livide.

Je commençai à croire qu'il n'exagérait point, et qu'en réalité il souffrait beaucoup ; seulement j'étais convaincu que cet ébranlement physique avait une cause morale.

Je le regardai fixement, il baissa les yeux, et à la pâleur qui lui avait couvert le visage succéda une vive rougeur.

— Oui, lui dis-je, c'est évident, vous souffrez.

— N'est-ce pas, docteur ? s'écria-t-il. Eh bien ! j'ai déjà vu deux de vos confrères ; car vous avez été si singulier avec moi que je n'osais vous envoyer chercher. Les imbéciles se sont mis à rire quand je leur ai dit que j'avais mal aux nerfs.

— Vous souffrez, repris-je, mais ce n'est point une

---

1. Tendance à se croire malade alors qu'on ne l'est pas.

cause physique qui vous fait souffrir ; vous avez quelque douleur morale, une inquiétude grave peut-être.

Il tressaillit.

— Et quelle inquiétude voulez-vous que j'aie ? Tout, au contraire, va pour le mieux. Mon mariage… À propos, vous savez ? mon mariage avec mademoiselle de Macartie, que votre monsieur Olivier avait failli faire rompre…

— Oui, eh bien ?

— Eh bien, il aura lieu dans quinze jours ; le premier ban est publié. Au reste, il a été bien puni de ses propos, et il m'en a fait ses excuses.

— Comment cela ?

— Germain, dit le baron, donnez-moi ce portefeuille qui est sur le coin de la cheminée.

Le domestique obéit, le baron prit le portefeuille et l'ouvrit.

— Tenez, dit-il avec un léger tremblement dans la voix, voici mon acte de naissance : né à la Pointe-à-Pitre, comme vous voyez ; puis voici le certificat de monsieur de Malpas, constatant que mon père est un des premiers et des plus riches propriétaires de la Guadeloupe. On a fait voir ces papiers à monsieur Olivier, et, comme il connaissait la signature du gouverneur, il a été obligé d'avouer que cette signature était bien la sienne.

Tout en poursuivant cet examen, le tremblement nerveux du baron augmentait.

— Vous souffrez davantage ? lui dis-je.

— Comment voulez-vous que je ne souffre pas ! On me poursuit, on me persécute, la calomnie s'attache à moi. Je ne sais pas si d'un jour à l'autre on ne m'accusera pas de quelque crime. Oh ! oui, oui, docteur, vous avez raison, continua le baron en se raidissant, je souffre, je souffre beaucoup.

— Voyons, il faut vous calmer.

— Me calmer, c'est bien aisé à dire ! Parbleu ! si je pouvais me calmer je serais guéri. Tenez, il y a des moments où mes nerfs se raidissent comme s'ils voulaient se rompre, où mes dents se serrent comme si elles voulaient se briser, où j'entends des bourdonnements dans ma tête comme si toutes les cloches de Notre-Dame tintaient à mon oreille ; alors, continua-t-il, il me semble que je vais devenir fou. Docteur, quelle est la mort la plus douce ?

— Pourquoi cela ?

— C'est qu'il me prend parfois des envies de me tuer.

— Allons donc !

— Docteur, on dit qu'en s'empoisonnant avec de l'acide prussique, c'est fait en un instant.

— C'est effectivement la mort la plus rapide que l'on connaisse.

— Docteur, à tout hasard, vous devriez me préparer un flacon d'acide prussique.

— Vous êtes fou.

— Tenez, je vous le paierai ce que vous voudrez, mille écus, six mille francs, dix mille francs, si toutefois vous me répondez qu'on meurt sans souffrir.

Je me levai.

— Eh bien, quoi ? me dit-il en me retenant.

— Je regrette, monsieur, que vous me disiez sans cesse de ces choses, qui non seulement abrègent mes visites, mais qui encore rendent de plus longues relations avec vous presque impossibles.

— Non, non, restez, je vous prie ; ne voyez-vous pas que j'ai la fièvre, et que c'est cela qui me fait parler ainsi ?

Il sonna, le même valet reparut de nouveau.

— Germain, j'ai bien soif, dit le baron ; donnez-moi quelque chose à boire.

— Que désire monsieur le baron ?

— Vous prendrez bien quelque chose avec moi, n'est-ce pas ?

— Non, merci, absolument rien, répondis-je.

— C'est égal, continua-t-il, apportez deux verres et une bouteille de rhum.

Germain sortit et rentra un[1] instant après avec un plateau où étaient les objets demandés ; seulement je remarquai que les récipients, au lieu d'être des verres à liqueur, étaient des verres à vin de Bordeaux.

Le baron les remplit tous les deux ; seulement sa main tremblait si fort qu'une partie de la liqueur, au moins égale à celle que contenaient les verres, tomba sur le plateau.

— Goûtez cela, dit-il, c'est d'excellent rhum que j'ai rapporté moi-même de la Guadeloupe, où votre monsieur Olivier d'Hornoy prétend que je n'ai jamais été.

— Je vous rends grâce, je n'en bois jamais.

Il prit un de ces deux verres.

— Comment, lui dis-je, vous allez boire cela ?

— Sans doute.

— Mais si vous continuez cette vie-là, vous brûlerez jusqu'au gilet de flanelle qui vous couvre la poitrine.

— Est-ce que vous croyez qu'on peut se tuer en buvant beaucoup de rhum ?

— Non, mais on peut se donner une gastro-entérite, dont on meurt un beau jour après cinq ou six ans d'atroces douleurs.

Il reposa le verre sur le plateau ; puis laissant retomber sa tête sur sa poitrine et ses mains sur ses genoux :

— Ainsi, docteur, murmura-t-il avec un soupir, vous reconnaissez donc que je suis bien malade ?

---

1. Nous suivons ici le manuscrit plutôt que les éditions imprimées, qui introduisent une répétition maladroite.

— Je ne dis pas que vous soyez malade, je dis que vous souffrez.

— N'est-ce pas la même chose ?

— Non.

— Et que me conseillez-vous, enfin ? Pour toute souffrance la médecine doit avoir des ressources ; ce ne serait pas la peine alors de payer si cher les médecins.

— Ce n'est pas pour moi que vous dites cela, je présume ? répondis-je en riant.

— Oh non ! vous êtes un modèle en toute chose.

Il prit le verre de rhum et le but sans songer à ce qu'il faisait. Je ne l'arrêtai point, car je voulais voir quelle sensation cette liqueur brûlante produirait sur lui.

La sensation parut être nulle ; on eût dit qu'il venait d'avaler un verre d'eau.

Il était évident pour moi que cet homme avait souvent cherché à s'étourdir par l'usage des boissons alcooliques.

En effet, au bout d'un instant, il parut reprendre quelque énergie.

— Au fait, dit-il, interrompant le silence et répondant à ses propres pensées, au fait, je suis bien bon de me tourmenter ainsi ! Bah ! je suis jeune, je suis riche, je jouis de la vie, cela durera tant que cela pourra.

Il prit le second verre et l'avala comme le premier.

— Ainsi, docteur, dit-il, vous ne me conseillez rien ?

— Si fait, je vous conseille d'avoir confiance en moi et de m'avouer ce qui vous tourmente.

— Vous croyez donc toujours que j'ai quelque chose que je n'ose pas dire ?

— Je dis que vous avez quelque secret que vous gardez pour vous.

— Important ! dit-il, avec un sourire forcé.

— Terrible.

Il pâlit et prit machinalement le goulot de la bouteille pour se verser un troisième verre.

Je l'arrêtai.

— Je vous ai déjà dit que vous vous tueriez, repris-je.

Il se laissa aller en arrière en appuyant sa tête au lambris.

— Oui, docteur, oui, vous êtes un homme de génie ; oui, vous avez deviné cela tout de suite, vous, tandis que les autres n'y ont vu que du feu ; oui, j'ai un secret, et, comme vous le dites, un secret terrible, un secret qui me tuera plus sûrement que le rhum que vous m'empêchez de boire, un secret que j'ai toujours eu envie de confier à quelqu'un, et que je vous dirais, à vous, si, comme les confesseurs, vous aviez fait vœu de discrétion. Mais jugez donc, si ce secret me tourmente si fort lorsque j'ai la conviction que moi seul le connais, ce que ce serait si j'avais l'éternel tourment de savoir qu'il est connu par quelque autre.

Je me levai.

— Monsieur, lui dis-je, je ne vous ai pas demandé d'aveu, je ne vous ai pas fait de confidence ; vous m'avez fait venir comme médecin, et je vous ai dit que la médecine n'avait rien à faire à votre état. Maintenant, gardez votre secret, vous en êtes le maître, que ce secret pèse sur votre cœur ou sur votre conscience. Adieu, monsieur le baron.

Et le baron me laissa sortir sans me répondre, sans faire un mouvement pour me retenir, sans me rappeler ; seulement, en me retournant pour fermer la porte, je pus voir qu'il étendait une troisième fois la main vers cette bouteille de rhum, sa fatale consolatrice.

XI

Un terrible aveu

Je continuai mes courses ; mais malgré moi je ne pus chasser de ma pensée ce que j'avais vu et entendu, tout en conservant pour ce malheureux le dégoût moral et instinctif que j'ai avoué.

Je commençais à éprouver cette pitié physique, si l'on peut s'exprimer ainsi, que l'homme destiné à souffrir ressent pour tout être qui souffre.

Je dînai en ville, et comme une partie de ma soirée était consacrée à des visites, je ne rentrai chez moi que passé minuit. On me dit qu'un jeune homme, qui était venu pour me consulter, m'attendait depuis une heure dans mon cabinet ; je demandai son nom ; il n'avait pas voulu le dire.

J'entrai, et je reconnus monsieur de Faverne.

Il était plus pâle et plus agité que le matin ; un livre qu'il avait essayé de lire était ouvert sur le bureau. C'était le traité de toxicologie d'Orfila[1].

— Eh bien ! lui demandai-je, vous sentez-vous donc plus mal ?

1. Mathieu Joseph Bonaventure Orfila (1787-1853), chimiste et médecin dont le traité de toxicologie connut une grande célébrité. Dumas y fera à nouveau allusion dans *Le Comte de Monte-Cristo*.

— Oui, me répondit-il, très mal ; il m'est arrivé un événement affreux, une aventure terrible, et je suis accouru pour vous raconter cela. Tenez, docteur, depuis que je suis à Paris, depuis que je mène la vie que vous connaissez, vous êtes le seul homme qui m'ayez inspiré une confiance entière ; aussi, vous le voyez, j'accours vous demander, non pas un remède à ce que je souffre, vous me l'avez dit, il n'y en a pas, et tout en vous envoyant chercher, je le savais bien, moi, qu'il n'y en a pas, mais un conseil.

— Un conseil est bien autrement difficile à donner qu'une ordonnance, monsieur, et je vous avoue que j'en donne rarement. D'abord on ne demande en général de conseil que pour se corroborer soi-même dans la résolution qu'on a déjà prise ; ou si, indécis encore de ce que l'on fera, on suit le conseil donné, c'est pour avoir le droit de dire un jour au conseilleur : C'est votre faute !

— Il y a du vrai dans ce que vous dites là, docteur ; mais, de même que je crois qu'un médecin n'a pas le droit de refuser une ordonnance, je ne crois pas qu'un homme ait le droit de refuser un conseil.

— Vous avez raison, aussi je ne refuse pas de vous le donner ; seulement vous me ferez plaisir de ne pas le suivre.

Je m'assis alors près de lui ; mais au lieu de me répondre il laissa tomber sa tête dans ses mains, et demeura comme anéanti dans ses propres pensées.

— Eh bien ? lui dis-je au bout d'un instant de silence.

— Eh bien ! répondit-il, ce que je vois de plus clair dans tout cela, c'est que je suis perdu.

Il y avait un tel accent de conviction dans ces paroles, que je tressaillis.

— Perdu, vous ? et comment ? demandai-je.

— Sans doute, elle va me poursuivre, elle va dire à tout le monde qui je suis, elle va crier sur les toits mon véritable nom.

— Qui cela ?

— Elle, parbleu !

— Elle ? qui, elle ?

— Marie.

— Qu'est-ce que Marie ?

— Ah ! c'est vrai, vous ne savez pas, vous ; une petite sotte, une petite drôlesse dont j'ai eu la bonté de m'occuper, et à qui j'ai eu la sottise de faire un enfant[1].

— Eh bien ! mais si c'est une de ces femmes qu'on désintéresse avec de l'argent, vous êtes assez riche.

— Oui, reprit-il en m'interrompant ; mais ce n'est malheureusement point une de ces femmes-là : c'est une fille de village, une pauvre fille, une sainte fille.

— Tout à l'heure vous l'appeliez drôlesse.

— J'avais tort, mon cher docteur, j'avais tort, c'était la colère qui me faisait parler ainsi ; ou plutôt, tenez, tenez, c'était la peur.

— Cette femme peut donc influer d'une manière fatale sur votre destinée ?

— Elle peut empêcher mon mariage avec mademoiselle de Macartie.

— Comment ?

— En disant mon nom, en révélant qui je suis.

— Vous ne vous nommez donc pas de Faverne ?

— Non.

— Vous n'êtes donc pas baron ?

— Non.

— Vous n'êtes donc pas né à la Guadeloupe ?

— Non. Tout cela, voyez-vous, était une fable.

1. On apprend ensuite que cet enfant est une fille. Au XIXe siècle, le terme est employé couramment au masculin pour l'un et l'autre sexes.

— Alors Olivier avait raison ?

— Oui.

— Mais alors comment monsieur de Malpas, le gouverneur de la Guadeloupe, a-t-il pu certifier… ?

— Silence, dit le baron en me serrant violemment la main, cela c'est mon autre secret, le secret qui me tue, vous savez.

Nous restâmes un instant muets l'un et l'autre.

— Eh bien ! mais cette femme, cette Marie, vous l'avez donc revue ?

— Aujourd'hui, docteur, aujourd'hui, ce soir. Elle a quitté son village, elle est venue à Paris, et elle a tant fait qu'elle m'a découvert, et que ce soir, sans me dire qui elle était, elle s'est présentée chez moi avec son enfant.

— Et vous, qu'avez-vous fait ?

— J'ai dit, reprit monsieur de Faverne d'une voix sombre, j'ai dit que je ne la connaissais pas, et je l'ai fait jeter à la porte par mes gens.

Je me reculai involontairement.

— Vous avez fait cela, vous avez renié votre enfant, vous avez fait chasser sa mère par vos laquais !

— Que vouliez-vous que je fisse ?

— Ah ! c'est affreux.

— Je le sais bien.

Et nous retombâmes tous les deux dans le silence. Au bout d'un instant, je me levai.

— Et qu'ai-je à faire dans tout cela ? demandai-je.

— Ne voyez-vous pas que j'ai des remords ?

— Je vois que vous avez peur.

— Eh bien, docteur… j'aurais voulu que vous la vissiez, cette femme.

— Moi !

— Oui, vous ; rendez-moi le service de la voir.

— Et où la trouverai-je ?

— Un instant après l'avoir chassée, j'ai écarté le rideau de ma fenêtre, et je l'ai vue assise sur une borne avec son enfant.

— Et vous croyez qu'elle y est encore ?

— Oui.

— Vous l'avez donc revue ?

— Non, je suis sorti par une porte de derrière, et je suis accouru chez vous.

— Et pourquoi n'êtes-vous pas sorti tout bonnement par la grande porte, et dans votre voiture ?

— J'ai eu peur qu'elle ne se jetât sous les pieds des chevaux.

Je frissonnai.

— Que voulez-vous que je fasse dans tout cela ? à quoi puis-je vous être bon ?

— Docteur, rendez-moi un service ; voyez-la, arrangez la chose avec elle ; qu'elle retourne à Trouville avec son enfant ; je lui donnerai ce qu'elle voudra, dix mille francs, vingt mille francs, cinquante mille francs.

— Mais si elle refuse tout cela ?

— Si elle refuse, si elle refuse… eh bien ! alors… nous verrons.

Le baron prononça ces dernières paroles d'un ton tellement sinistre, que je tremblai pour la pauvre femme.

— C'est bien, monsieur, répondis-je, je la verrai.

— Et vous obtiendrez… qu'elle parte ?

— Je ne puis répondre de cela ; tout ce que je puis vous promettre, c'est de lui parler le langage de la raison, c'est de lui faire envisager la distance qu'il y a de vous à elle.

— La distance ?

— Oui.

— Vous oubliez que je vous ai avoué que je n'étais pas baron ; je suis un paysan, monsieur, un simple paysan, qui, par mon… intelligence, me suis élevé au-dessus de mon état ; seulement, silence, je vous en supplie. Vous comprenez que si monsieur de Macartie savait que je suis un paysan, il ne me donnerait pas sa fille.

— Vous tenez donc énormément à ce mariage ?

— Je vous l'ai dit, c'est le seul moyen de me faire cesser les spéculations hasardeuses auxquelles je suis forcé de me livrer.

— Je verrai cette jeune fille.

— Ce soir ?

— Ce soir. Où la retrouverai-je ?

— Là où je l'ai vue.

— Sur cette borne ?

— Oui.

— Elle y est encore, vous croyez ?

— J'en suis sûr.

— Allons.

Il se leva vivement, s'élança vers la porte, je le suivis.

Nous sortîmes.

Je demeurais à cinq cents pas à peine de chez lui ; en arrivant au coin de la rue Taitbout et de celle du Helder[1], il s'arrêta, et me montrant du doigt quelque chose d'informe que l'on distinguait à peine dans l'ombre :

— Là, là, dit-il.

— Quoi, là ?

— Elle.

— Cette jeune fille ?

— Oui. Moi je rentre par la rue du Helder. La maison, comme vous le savez, a une double entrée… Allez à elle.

— J'y vais.

---

1. C'est dans cette rue que Dumas situera l'hôtel particulier des Morcerf (*Le Comte de Monte-Cristo*).

— Attendez. Un dernier service, je vous prie. Il me semble que je deviens fou ; j'ai le vertige ; tout tourne autour de moi… Votre bras, docteur ; conduisez-moi jusqu'à la petite porte.

— Volontiers.

Je lui pris le bras ; il chancelait véritablement comme un homme ivre. Je le conduisis jusqu'à la porte.

— Merci, docteur, merci ; je vous suis bien reconnaissant, je vous jure, et si vous étiez un de ces hommes qui font payer les services qu'ils rendent, je vous paierais celui-ci ce que vous voudriez. Bien ! nous voilà ; vous viendrez demain, n'est-ce pas, me rendre réponse ? J'irais bien chez vous ; mais dans la journée je n'oserais sortir, j'aurais peur de la rencontrer.

— Je viendrai.

— Adieu, docteur.

Il sonna, on ouvrit.

— Un instant, dis-je en le retenant, le nom de cette femme ?

— Marie Granger.

— Bien… Au revoir.

Il rentra, et je remontai la rue du Helder pour rentrer dans la rue Taitbout[1].

En arrivant à l'angle des deux rues, là où j'avais entrevu cette femme, j'entendis une rumeur, et je vis un groupe assez considérable qui s'agitait dans l'ombre.

Je courus.

Une patrouille qui passait avait aperçu cette malheureuse, et comme, interrogée sur ce qu'elle faisait là à deux heures du matin, elle n'avait pas voulu répondre, cette patrouille la conduisait au corps de garde.

La pauvre femme marchait au milieu des gardes nationaux, portant entre ses bras son enfant qui pleurait ;

1. Fin du premier volume de l'édition Souverain, qui présente la suite du texte dans un nouveau chapitre (« Marie »).

mais elle ne versait pas une larme, elle ne poussait pas une plainte.

Je m'approchai aussitôt du chef de la patrouille.

— Pardon, monsieur, lui dis-je, mais je connais cette femme.

Elle leva la tête vivement et me regarda[1].

— Ce n'est pas lui, dit-elle ; et elle laissa retomber sa tête.

— Vous connaissez cette femme, monsieur ? me répondit le caporal.

— Oui… elle se nomme Marie Granger, et elle est du village de Trouville.

— C'est mon nom, c'est celui de mon village. Qui êtes-vous, monsieur ? Au nom du ciel, qui êtes-vous ?

— Je suis le docteur Fabien, et je viens de sa part.

— De la part de Gabriel ?

— Oui.

— Alors, messieurs, laissez-moi aller, je vous en supplie, laissez-moi aller avec lui !

— Vous êtes bien le docteur Fabien ? me demanda alors le chef de la patrouille.

— Voici ma carte, monsieur.

— Et vous répondez de cette femme ?

— J'en réponds.

— Alors, monsieur, vous pouvez l'emmener.

— Merci.

Je présentai le bras à la pauvre fille ; mais, me montrant d'un geste son enfant qu'elle était obligée de porter :

— Je vous suivrai, monsieur, dit-elle. Où allons-nous ?

— Chez moi.

Dix minutes après elle était dans mon cabinet, assise à la place même où une demi-heure auparavant était

1. Là s'arrêtait la deuxième livraison de *La Chronique*.

assis le prétendu baron de Faverne. L'enfant, couché sur une bergère, dormait dans la chambre à côté.

Il se fit entre nous un long silence, qu'elle interrompit la première.

— Eh bien ! monsieur, dit-elle, que voulez-vous que je vous raconte ?

— Ce que vous croirez nécessaire que je sache, madame. Remarquez que je ne vous interroge pas, j'attends que vous parliez, voilà tout.

— Hélas ! ce que j'ai à vous dire est bien triste, monsieur, et cependant cela n'a aucun intérêt pour vous.

— Toute douleur physique ou morale est de mon ressort, ainsi ne craignez donc pas de me confier la vôtre, si vous croyez que je puisse la soulager.

— Ah ! pour la soulager il n'y a que lui, dit la pauvre femme.

— Eh bien ! puisque c'est lui qui m'a chargé de vous voir, tout espoir n'est pas perdu.

— Alors, écoutez-moi ; mais songez, en m'écoutant, que je ne suis qu'une pauvre paysanne.

— Vous me le dites et je vous crois ; cependant à vos paroles on pourrait vous croire d'une condition plus élevée.

— Je suis fille du maître d'école du village où je suis née, cela vous expliquera tout. J'ai donc reçu un semblant d'éducation, je sais lire et écrire un peu mieux que ne le font les autres paysannes, voilà tout.

— Alors vous êtes du même pays que Gabriel ?

— Oui, seulement j'ai quatre ans ou cinq ans de moins que lui. Aussi loin que je puis me le rappeler, je le vois assis, avec une vingtaine d'autres garçons du village que réunissait mon père, au bout d'une longue table toute déchiquetée par les noms et les dessins qu'y traçaient avec leurs canifs les écoliers auxquels mon père apprenait à lire, à écrire et à compter. C'était le fils d'un brave métayer dont la réputation d'honnêteté était proverbiale.

— Son père vit-il encore ?

— Oui, monsieur.

— Mais il a cessé de voir son fils, alors ?

— Il ignore où il est, et le croit parti pour la Guadeloupe. Mais attendez, chaque chose viendra à son tour. Excusez mes longueurs, mais j'ai besoin de vous raconter les choses en détail pour que vous nous jugiez tous deux.

Gabriel, quoique grand pour son âge, était faible et maladif, aussi était-il presque toujours menacé, même par des enfants plus jeunes que lui. Je me rappelle alors qu'il n'osait plus sortir avec les autres à l'heure où les écoliers retournent chez leurs parents, et que presque toujours mon père le trouvait sur l'escalier, où il s'était réfugié de peur d'être battu, et où l'on n'osait le venir chercher.

Alors mon père lui demandait ce qu'il faisait là, et le pauvre Gabriel lui répondait en pleurant qu'il avait peur d'être battu.

Aussitôt mon père m'appelait et me donnait pour escorte au pauvre fugitif, qui, sous ma protection, revenait chez lui sain et sauf, car devant moi, la fille du maître d'école, nul n'osait le toucher.

Il en résulta que Gabriel parut me prendre dans une grande affection, et que nous contractâmes l'habitude d'être ensemble ; seulement, de sa part, cette affection était de l'égoïsme, et de la mienne de la pitié.

Gabriel apprenait difficilement à lire et à calculer, mais pour l'écriture il avait une très grande facilité ; non seulement il possédait en propre une écriture magnifique[1], mais encore il avait la singulière aptitude

1. Comme Dumas lui-même. Voir *Mes mémoires*, chap. XXXI.

d'imiter les écritures de tous ses camarades, et cela à tel point que l'imitation rapprochée de l'original rendait l'auteur même indécis.

Les enfants riaient et s'amusaient de ce singulier talent, mais mon père secouait tristement la tête et disait souvent :

— Crois-moi, Gabriel, ne fais pas de ces choses-là… cela tournera mal.

— Bah ! comment voulez-vous que ça tourne, monsieur Granger ? disait Gabriel. Je serai maître d'écriture, quoi ! voilà tout, au lieu d'être garçon de charrue.

— Ce n'est pas un état que d'être maître d'écriture dans un village, disait mon père.

— Eh bien ! j'irai exercer à Paris, répondait Gabriel.

Quant à moi, qui ne voyais pas le mal qu'il pouvait y avoir à imiter l'écriture des autres, ce talent, qui chaque jour faisait chez Gabriel de nouveaux progrès, m'amusait beaucoup.

Car Gabriel ne se bornait plus à imiter les écritures seules, Gabriel imitait tout.

Une gravure lui était tombée entre les mains, et, avec une patience miraculeuse, il l'avait copiée ligne pour ligne, avec une telle exactitude, que n'eût été la grandeur du papier et la couleur de l'encre, il eût été difficile de dire, à l'inspection de l'original et de la copie, quelle était l'œuvre de la plume et quelle était l'œuvre du burin. Le pauvre père, qui voyait dans cette gravure ce qu'elle était réellement, c'est-à-dire un chef-d'œuvre, la fit encadrer par le vitrier du village, et la montra à tout le monde.

Le maire et l'adjoint la vinrent voir, et le maire s'en alla en disant à l'adjoint :

— Ce garçon-là a sa fortune au bout des doigts.

Gabriel entendit ces paroles.

Mon père lui avait appris tout ce qu'il pouvait lui apprendre ; Gabriel rentra dans sa métairie.

Comme il était l'aîné de deux autres enfants, et que Thomas n'était pas riche, il lui fallut commencer à travailler.

Mais le travail de la charrue lui était insupportable.

Tout au contraire des paysans, Gabriel aurait voulu se coucher et se lever tard ; son grand bonheur était de veiller jusqu'à minuit, et de faire avec sa plume toutes sortes de lettres ornées, de dessins et d'imitations : aussi l'hiver était-il son temps heureux, et les veilles ses heures de fête.

D'un autre côté, son dégoût pour les travaux de l'agriculture faisait le désespoir de son père. Thomas Lambert n'était pas assez riche pour garder chez lui une bouche inutile. Il avait cru que la présence de Gabriel lui épargnerait un garçon de charrue. Il vit, à son grand regret, qu'il s'était trompé.

XII

Départ pour Paris

Un jour, heureusement ou malheureusement, le maire, qui avait prédit que Gabriel avait une fortune au bout des doigts, revint faire une visite au père Thomas, et lui proposa de prendre Gabriel comme son secrétaire, à raison de cent cinquante francs par an et la nourriture.

Gabriel accueillit la proposition comme une bonne fortune ; mais le père Thomas secoua la tête en disant :

— Où cela te mènera-t-il, garçon ?

Tous deux n'en acceptèrent pas moins l'offre du maire, et Gabriel quitta définitivement la charrue pour la plume.

Nous étions restés bons amis, Gabriel paraissait même avoir de l'amour pour moi ; quant à moi, je l'aimais de tout mon cœur.

Tous les soirs, comme c'est l'habitude dans les villages, nous allions nous promener ensemble, tantôt sur les bords de la mer, tantôt sur les rives de la Touques.

Personne ne s'en tourmentait ; nous étions pauvres tous deux, nous nous convenions donc parfaitement.

Seulement Gabriel semblait avoir un ver rongeur dans l'âme ; ce ver rongeur, c'était le désir de venir à Paris ; il était convenu que s'il venait à Paris il y ferait fortune.

Paris était donc pour nous le fond de toute conversation. Paris était la ville magique qui devait nous ouvrir à tous deux la porte de la richesse et du bonheur.

Je me laissais aller à la fièvre qui l'agitait, et je répétais de mon côté :

— Oh ! oui, Paris ! Paris !

Dans nos rêves d'avenir, nous avions toujours si bien enchaîné l'une à l'autre nos deux existences, que je me regardais d'avance comme la femme de Gabriel, quoique jamais un mot de mariage n'eût été échangé entre nous ; quoique jamais, je dois le dire, aucune promesse n'eût été faite.

Le temps s'écoulait.

Gabriel, à même de se livrer à son occupation favorite, écrivait toute la journée, tenait tous les registres de la mairie avec une propreté et un goût admirables.

Le maire était enchanté d'avoir un tel secrétaire.

L'époque des élections arrivait : un des députés qui devaient se mettre sur les rangs était déjà en tournée ; il vint à Trouville ; Gabriel était la merveille de Trouville ; on lui montra les registres de la mairie, et le soir Gabriel lui fut présenté.

Le candidat avait rédigé une circulaire, mais il n'y avait d'imprimerie qu'au Havre ; il fallait envoyer le manifeste[1] à la ville, et c'était trois ou quatre jours de retard. Or, la distribution du manifeste était urgente, le candidat ayant rencontré une opposition plus grande qu'il ne s'y attendait.

Gabriel proposa de faire, dans la nuit et dans la journée du lendemain, cinquante circulaires. Le député lui promit cent écus s'il lui livrait ces cinquante exemplaires dans les vingt-quatre heures. Gabriel répondit

1. Déclaration écrite exposant le programme politique des candidats aux élections.

de tout, et, au lieu de cinquante manifestes, il en livra soixante-dix.

Le candidat, au comble de la joie, lui donna cinq cents francs au lieu de trois cents, et lui promit de le recommander à un riche banquier de Paris qui, sur sa recommandation, le prendrait probablement pour secrétaire.

Gabriel accourut, ce soir-là, ivre de joie.

— Marie, me dit-il, Marie, nous sommes sauvés ; avant un mois, je partirai pour Paris. J'aurai une bonne place, alors je t'écrirai, et tu viendras me rejoindre.

Je ne pensai même pas à lui demander si c'était comme sa femme, tant l'idée était loin de moi que Gabriel pût me tromper.

Je lui demandai alors l'explication de cette promesse, qui était encore une énigme pour moi. Il me raconta tout, me dit la protection du banquier, et me montra un papier imprimé.

— Qu'est-ce que ce papier ? lui demandai-je.

— Un billet de cinq cents francs, dit-il.

— Comment !… m'écriai-je, ce chiffon de papier vaut cinq cents francs ?

— Oui, dit Gabriel, et si nous en avions seulement vingt comme celui-là, nous serions riches.

— Cela nous ferait dix mille francs, repris-je.

Pendant ce temps, Gabriel dévorait le papier des yeux.

— À quoi penses-tu, Gabriel ? lui demandai-je.

— Je pense, dit-il, qu'un pareil billet n'est pas plus difficile à imiter qu'une gravure.

— Oui… mais, lui dis-je, cela doit être un crime ?

— Regarde, dit Gabriel.

Et il me montra ces deux lignes écrites au bas du billet :

LA LOI PUNIT DE MORT
LE CONTREFACTEUR.

— Ah ! sans cela, s'écria-t-il, nous en aurions bientôt dix, et vingt, et cinquante.

— Gabriel, repris-je toute frissonnante, que dis-tu donc là ?

— Rien, Marie, je plaisante.

Et il remit le billet dans sa poche.

Huit jours après, les élections eurent lieu. Malgré les circulaires, le candidat ne fut point nommé. Après son échec, Gabriel se présenta chez lui pour lui rappeler sa promesse ; mais il était déjà parti.

Gabriel revint au désespoir. Selon toute probabilité, le député manqué oublierait la promesse qu'il avait faite au pauvre secrétaire de la mairie.

Tout à coup une idée parut germer dans son esprit, il s'y arrêta en souriant ; puis, au bout d'un instant, il dit :

— Heureusement que j'ai gardé l'original de cette bête de circulaire.

Et il me montra cet original écrit et signé de la main du candidat.

— Et que feras-tu de cet original ? lui demandai-je.

— Oh ! mon Dieu ! rien du tout, répondit Gabriel ; seulement dans l'occasion ce papier pourrait me rappeler à son souvenir.

Puis il ne me parla plus de ce papier, et parut avoir oublié jusqu'à l'existence de la circulaire.

Huit jours après, le maire vint trouver Thomas Lambert, une lettre à la main. Cette lettre était du candidat qui avait échoué.

Contre toute attente, il avait tenu sa promesse, et écrivait au maire qu'il avait trouvé chez un des premiers banquiers de Paris une place de commis pour

Gabriel. Seulement on exigeait un surnumérariat[1] de trois mois. C'était un sacrifice de temps et d'argent nécessaire, après quoi Gabriel toucherait dix-huit cents francs d'appointements.

Gabriel accourut me faire part de cette nouvelle ; mais en même temps qu'elle le comblait de joie, elle m'attristait profondément.

J'avais bien parfois, excitée par les rêves de Gabriel, désiré Paris comme lui, mais pour moi Paris était seulement un moyen de ne pas quitter l'homme que j'aimais ; toute mon ambition, à moi, se bornait à devenir la femme de Gabriel, et la chose me paraissait bien plus assurée avec l'humble et monotone existence du village que dans le rapide et ardent tourbillon de la capitale.

À cette nouvelle, je me mis donc à pleurer.

Gabriel se jeta à mes genoux, et essaya de me rassurer par ses promesses et par ses protestations ; mais un pressentiment profond et terrible me disait que tout était fini pour moi.

Cependant le départ de Gabriel était décidé.

Thomas Lambert consentait à faire un petit sacrifice. Le maire, moyennant hypothèque, bien entendu, lui prêta cinq cents francs ; et, comme personne ne savait la libéralité du candidat, Gabriel se trouva possesseur d'une somme de mille francs.

Il fut convenu pour tout le monde qu'il partirait le même soir pour Pont-l'Évêque, d'où une voiture devait le conduire à Rouen ; mais entre nous deux il fut arrêté qu'il ferait un détour, et reviendrait passer la nuit auprès de moi.

---

1. Temps pendant lequel on travaille comme « surnuméraire », c'est-à-dire employé supplémentaire, non payé et en attente de titularisation.

Je devais laisser la croisée de ma chambre ouverte.

C'était la première fois que je le recevais ainsi, et j'espérais être aussi forte, dans cette dernière entrevue, contre lui et contre mon cœur, que je l'avais toujours été.

Hélas ! je me trompais ! Sans cette nuit, je n'eusse été que malheureuse. Par cette nuit, je fus perdue.

Au point du jour, Gabriel me quitta ; il fallait nous séparer. Je le reconduisis par la porte du jardin qui donnait sur les dunes.

Là, il me renouvela toutes ses promesses ; là, il me jura de nouveau qu'il n'aurait jamais d'autre femme que moi, et il endormit du moins mes craintes, s'il n'endormit point mes remords.

Nous nous quittâmes. Je le perdis de vue au coin du mur, mais je courus pour le revoir encore ; et, en effet, je l'aperçus qui suivait d'un pas rapide le sentier qui conduisait à la grande route.

Il me sembla qu'il y avait dans la rapidité de ce pas quelque chose qui contrastait singulièrement avec ma douleur à moi.

Je le rappelai par un cri.

Il se retourna, agita son mouchoir en signe d'adieu, et continua son chemin.

En tirant son mouchoir, il fit, sans s'en apercevoir, tomber un papier de sa poche.

Je le rappelai, mais, sans doute de peur de se laisser attendrir, il continua son chemin ; j'accourus après lui.

J'arrivai jusqu'à la place où le papier était tombé, et je le trouvai à terre.

C'était un billet de cinq cents francs ; seulement il était sur un autre papier que celui que j'avais vu. Alors je rassemblai toutes mes forces, et j'appelai Gabriel une dernière fois ; il se retourna, me vit agiter le billet, s'arrêta, fouilla dans toutes ses poches, et, s'apercevant sans doute qu'il avait perdu quelque chose, revint vers moi en courant.

— Tiens, lui dis-je, tu avais perdu ceci, et j'en suis bien heureuse, puisque je peux t'embrasser encore une dernière fois.

— Ah ! me dit-il en riant, c'est pour toi seule que je reviens, chère Marie, car ce billet ne vaut rien.

— Comment, il ne vaut rien ?

— Non, le papier n'est point pareil à celui-ci.

Et il tira l'autre billet de sa poche.

— Eh bien ! qu'est-ce que ce billet alors ?

— Un billet que je me suis amusé à imiter, mais qui n'a aucune valeur ; tu vois bien, chère Marie, c'est pour toi seule que je reviens.

Et, comme pour me donner une dernière preuve de cette vérité, il déchira le billet en petits morceaux, et abandonna les morceaux au vent.

Puis, il me renouvela encore une fois ses promesses et ses protestations, et comme le temps pressait et qu'il sentait que je n'avais plus la force de me tenir debout, il m'assit sur le bord du fossé, me donna un dernier baiser, et partit.

Je le suivis des yeux, et les bras étendus vers lui tant que je pus le voir ; puis, lorsqu'un détour du chemin me l'eut dérobé, je cachai ma tête entre mes deux mains et je me mis à pleurer.

Je ne sais combien de temps je restai ainsi concentrée et perdue dans ma douleur.

Je revins à moi au bruit que j'entendais autour de moi. Ce bruit était occasionné par une petite fille du village qui faisait paître ses brebis et qui me regardait avec étonnement, ne comprenant rien à mon immobilité.

Je relevai la tête.

— Tiens, dit-elle, c'est vous, mademoiselle Marie ; pourquoi donc que vous pleurez ?

J'essuyai mes yeux en tâchant de sourire.

Et puis, comme pour me rattacher à lui par les choses qu'il avait touchées, je me mis à ramasser les morceaux de papier qu'il avait jetés au vent ; enfin, songeant que mon père pouvait se lever et s'inquiéter où j'étais, je repris hâtivement le chemin de la maison.

J'avais fait vingt pas à peine que j'entendis qu'on m'appelait : je me retournai, et je vis que la petite bergère courait après moi.

Je l'attendis.

— Que me veux-tu, mon enfant ? lui demandai-je.

— Mademoiselle Marie, me dit-elle, j'ai vu que vous ramassiez tous les petits papiers, en voilà un que vous avez oublié.

Je jetai les yeux sur ce que l'enfant me présentait : c'était en effet un fragment du billet si habilement imité par Gabriel.

Je le pris des mains de la petite fille, et je jetai les yeux dessus.

Par un hasard étrange, c'était la portion du billet sur laquelle était écrite cette fatale menace :

LA LOI PUNIT DE MORT
LE CONTREFACTEUR.

Je frissonnai sans pouvoir comprendre d'où me venait la terreur qui instinctivement s'emparait de moi. À ces deux lignes seules peut-être on eût pu s'apercevoir que le billet était imité. Il était visible que la main de Gabriel avait tremblé en les écrivant ou plutôt en les gravant.

Je laissai tomber tous les autres morceaux et je ne conservai que celui-là.

Je rentrai sans que mon père m'aperçût.

Mais en entrant dans cette chambre où Gabriel avait

passé la nuit, tout en moi éveilla un remords. Tant qu'il avait été là, la confiance que j'avais en lui m'avait soutenue ; lui absent, chacun des détails qui devaient atténuer cette confiance revenait à mon souvenir, et je me sentis véritablement isolée avec ma faute.

XIII

Confession

Huit jours s'écoulèrent sans que j'eusse aucune nouvelle de Gabriel ; enfin, le matin du huitième jour amena une lettre de lui.

Il était arrivé à Paris, avait été installé, disait-il, chez son banquier, et demeurait, en attendant, dans un petit hôtel de la rue des Vieux-Augustins.

Puis venait une description de Paris, de l'effet que la capitale avait produit sur lui.

Il était ivre de joie.

Un *post-scriptum* m'annonçait que dans trois mois je partagerais son bonheur.

Au lieu de me tranquilliser, cette lettre m'attrista profondément et cela sans que je pusse comprendre pourquoi.

Je sentais qu'un malheur planait au-dessus de ma tête et était prêt à s'abattre sur moi.

Je lui répondis cependant comme si j'étais joyeuse de sa joie ; j'avais l'air de croire à cet avenir qu'il me promettait, et qu'une voix intérieure me criait n'être point fait pour moi.

Quinze jours après, je reçus une seconde lettre. Celle-là me trouva dans les larmes.

Hélas ! si Gabriel ne tenait pas sa promesse envers

moi, j'étais une fille déshonorée : dans huit mois j'allais être mère.

Je balançai quelque temps pour savoir si j'annoncerais cette nouvelle à Gabriel.

Mais je n'avais que lui au monde à qui je pusse me confier. D'ailleurs il était de moitié dans ma faute, et si quelqu'un me soutenait il était juste que ce fût lui.

Je lui répondis donc de hâter autant qu'il le pourrait l'instant de notre réunion, en lui disant qu'à l'avenir ses efforts auraient pour but non seulement notre bonheur, mais encore celui de notre enfant.

Je m'attendais à recevoir une lettre poste pour poste[1], ou plutôt, à peine cette lettre envoyée, je tremblais de n'en plus recevoir du tout : car, ainsi que je l'ai dit, un sourd pressentiment me criait que tout était fini pour moi.

En effet, ce ne fut pas à moi que Gabriel répondit, mais à son père : il lui annonçait que le banquier chez lequel il était placé, ayant des intérêts majeurs à la Guadeloupe, et ayant reconnu chez lui plus d'intelligence que chez ses compagnons de bureau, venait de le charger d'aller régler ces intérêts, lui promettant, à son retour, de l'associer pour une part dans ses bénéfices. En conséquence, il annonçait qu'il partait le jour même pour les Antilles, et qu'il ne pouvait fixer l'époque de son retour.

En même temps, sur l'argent que le banquier lui avait donné pour son voyage, il renvoyait à son père les cinq cents francs qu'il avait empruntés pour lui.

Cette somme était représentée par un billet de banque.

Un *post-scriptum* disait de plus à son père que,

1. Par retour de courrier.

n'ayant pas le temps de m'écrire, il le priait de m'annoncer cette nouvelle.

Comme on le comprend bien, le coup fut terrible.

Cependant, n'ayant jamais reçu de Gabriel aucune réponse poste pour poste, j'ignorais le nombre de jours qu'employait une lettre pour aller à Paris, et par conséquent en combien de temps on pouvait recevoir sa réponse.

J'avais donc encore un espoir, c'est que sa lettre à son père avait probablement été écrite avant qu'il eût reçu la mienne.

J'allai chez le maire sous un prétexte quelconque, et lui demandai des informations à ce sujet. Je le trouvai tenant à la main le billet que venait de lui rendre le père Thomas.

— Eh bien, Marie, dit-il en me voyant, ton amoureux est donc en train de faire fortune.

Je ne lui répondis qu'en fondant en larmes.

— Eh bien ! quoi, me dit-il, cela te fait de la peine que Gabriel s'enrichisse ? Moi, je l'avais toujours dit, ce garçon-là a sa fortune au bout des doigts.

— Hélas ! monsieur, lui dis-je, vous vous méprenez sur mes sentiments ; je remercierai toujours le ciel de toute chose heureuse qui arrivera à Gabriel ; seulement, j'ai peur qu'au milieu de son bonheur il ne m'oublie.

— Ah ! quant à cela, ma pauvre Marie, me répondit le maire, je ne voudrais pas en répondre, et si j'ai un conseil à te donner, vois-tu, l'occasion se présentant, c'est de prendre les devants sur Gabriel. Tu es une bonne fille, laborieuse, rangée, sur laquelle il n'y a jamais eu rien à dire, malgré ton intimité avec Gabriel, eh bien, ma foi ! le premier beau garçon qui se présentera pour le remplacer, je l'accepterais ; et tiens, pas plus tard qu'hier, André Morin le pêcheur, tu sais, me parlait de cela.

Je l'interrompis.

— Monsieur le maire, lui dis-je, je serai la femme de Gabriel, ou je resterai fille ; il y a entre nous des promesses qu'il peut oublier, lui, mais que moi je n'oublierai jamais.

— Oui, oui, dit-il, je connais cela ; voilà comme elles se perdent toutes, ces pauvres malheureuses ; enfin, fais comme tu voudras, mon enfant, je n'ai aucun pouvoir sur toi, mais si j'étais ton père, je sais bien ce que je ferais, moi.

Je pris près de lui les informations que je venais y chercher, et je revins chez moi en calculant le temps écoulé.

Gabriel avait écrit à son père après avoir reçu ma lettre.

J'attendis vainement le lendemain, le surlendemain, pendant toute la semaine, pendant tout le mois ; je ne reçus aucune nouvelle de Gabriel.

Un espoir m'avait d'abord soutenue, c'est que, n'ayant pas eu le temps de m'écrire de Paris, il m'écrirait du port où il s'embarquerait, ou, s'il ne m'écrivait point de ce port, il m'écrirait au moins de la Guadeloupe.

Je me procurai une carte géographique, et je demandai à l'un de nos marins, qui avait fait plusieurs voyages en Amérique, quelle était la route que suivaient les bâtiments pour se rendre à la Guadeloupe.

Il me traça une longue ligne au crayon, et j'eus au moins une consolation, ce fut de voir quel chemin suivait Gabriel en s'éloignant de moi.

Il fallait trois mois pour que je reçusse de ses nouvelles. J'attendis avec assez de calme l'expiration de ces trois mois, mais rien ne vint, et je restai dans cette demi-obscurité terrible qu'on appelle le doute et qui est cent fois pire que la nuit.

Cependant le temps s'écoulait, toutes ces sensations intimes qui annoncent en soi l'existence d'un être qui se forme de notre être se faisaient ressentir. Sensations délicieuses, sans doute, dans l'état ordinaire de la vie, et quand l'existence de cet être est le résultat des conditions de la société ; sensations douloureuses, amères, terribles, quand chaque tressaillement rappelle la faute et présage le malheur.

J'étais enceinte de six mois. Jusque-là, j'avais caché avec bonheur ma grossesse à tous les yeux, mais une idée affreuse me poursuivait : c'est qu'en continuant à me serrer ainsi, je pouvais porter atteinte à l'existence de mon enfant.

La Pâque approchait. C'est, comme on le sait, dans nos villages, l'époque des dévotions générales. Une jeune fille qui ne ferait pas ses pâques serait montrée au doigt par toutes ses compagnes.

J'avais au fond du cœur des sentiments trop religieux pour m'approcher du confessionnal sans faire une révélation complète de ma faute, et, cependant, chose étrange ! je voyais approcher l'époque de cette révélation avec une certaine joie mêlée de crainte.

C'est que notre curé était un de ces braves prêtres, d'autant plus indulgents pour les fautes des autres, qu'ils n'ont point à leur faire expier leurs propres péchés.

C'était un saint vieillard aux cheveux blancs, à la figure calme et souriante, dans lequel le faible, le malheureux ou le coupable sentent à la première vue qu'ils trouveront un appui.

J'étais donc d'avance bien résolue à tout lui dire, et à me laisser guider par ses conseils.

La veille du jour où toutes les jeunes filles devaient aller à confesse, je me présentai donc chez lui.

Ce fut, je l'avoue, avec un terrible serrement de cœur que je portai la main à la sonnette du presbytère. J'avais attendu la nuit, pour que personne ne me vît entrer à la cure, où, dans d'autres temps, j'allais ouvertement deux ou trois fois par semaine ; sur le seuil, le cœur me manqua, et je fus obligée de m'appuyer au mur pour ne pas tomber.

Cependant, je repris mes forces ; et, par un mouvement brusque et saccadé, je sonnai.

La vieille servante vint aussitôt m'ouvrir.

Comme je l'avais pensé, le curé était seul, dans une petite chambre retirée, où, à la lueur d'une lampe, il lisait son bréviaire.

Je suivis la vieille Catherine, qui ouvrit la porte et m'annonça.

Le curé leva la tête. Toute sa belle et calme figure se trouva alors dans la lumière, et je compris que s'il y a au monde une consolation pour certains malheurs irréparables, c'est de confier son malheur à de pareils hommes.

Cependant, je restais près de la porte et n'osais avancer.

— C'est bien, Catherine, dit le curé, laissez-nous ; et si quelqu'un venait me demander…

— Je dirai que monsieur le curé n'y est pas ? répondit la vieille gouvernante.

— Non, dit le curé, car il ne faut pas mentir, ma bonne Catherine ; vous direz que je suis en prières.

— Bien, monsieur le curé, dit Catherine.

Et elle se retira en fermant la porte derrière elle.

Je restai immobile et sans dire un mot.

Le curé me chercha des yeux dans l'obscurité, où la lumière circonscrite de la lampe me laissait ; puis, m'ayant aperçue, il tendit la main de mon côté et me dit :

— Viens, ma fille… je t'attendais.

Je fis deux pas, je pris sa main et je tombai à ses genoux.

— Vous m'attendiez, mon père, lui dis-je ; mais vous savez donc alors ce qui m'amène ?

— Hélas ! je m'en doute, répondit le digne prêtre.

— Oh ! mon père, mon père, je suis bien coupable, m'écriai-je en éclatant en sanglots.

— Dis, ma pauvre enfant, répondit le prêtre, dis que tu es bien malheureuse.

— Mais, mon père, peut-être ne savez-vous pas tout ; car, enfin, comment auriez-vous pu deviner ?

— Écoute, ma fille, je vais te le dire, reprit le prêtre ; car aussi bien c'est t'épargner un aveu, et, même avec moi, n'est-ce pas, cet aveu te serait pénible.

— Oh ! je sens maintenant que je puis tout vous dire ; n'êtes-vous pas le ministre du Dieu qui sait tout ?

— Eh bien ! parle, mon enfant, dit le prêtre ; parle, je t'écoute.

— Mon père, lui dis-je, mon père !…

Et ma voix s'arrêta dans ma poitrine ; j'avais trop présumé de mes forces ; je ne pouvais pas aller plus loin.

— Je me suis douté de tout cela, dit le prêtre, le jour même du départ de Gabriel. Ce jour-là, ma pauvre enfant, je t'ai vue sans que tu me visses. J'avais été appelé dans la nuit pour recevoir la confession d'un mourant, et je revenais à quatre heures du matin lorsque je rencontrai Gabriel, que tout le monde croyait parti de la veille au soir. En m'apercevant, il se jeta derrière une haie, et je fis semblant de ne pas le voir ; cent pas plus loin, sur le bord d'un fossé, je trouvai une jeune fille assise, la tête dans ses mains. Je te reconnus, mais tu ne levas pas la tête.

— Je ne vous entendis pas, mon père, répondis-je, j'étais tout entière à la douleur de le quitter !

— Je passai donc. D'abord j'avais eu envie de m'arrêter et de te parler. Cependant cette idée me retint, que tu m'avais peut-être entendu, mais que, comme Gabriel, tu espérais sans doute te cacher : je continuai donc mon chemin. En tournant le coin du mur du jardin de ton père, je vis que la porte était ouverte ; alors je compris tout : Gabriel, que tout le monde croyait parti, avait passé la nuit près de toi.

— Hélas ! hélas ! mon père, c'est malheureusement la vérité.

— Puis tu cessas de venir à la cure comme tu y venais, et je me dis : Pauvre enfant ! elle ne vient pas parce qu'elle craint de trouver en moi un juge, mais je la reverrai au jour où elle aura besoin du pardon.

Mes sanglots redoublèrent.

— Eh bien ! me demanda le curé, que puis-je faire pour toi, voyons, mon enfant ?

— Mon père, lui dis-je, je voudrais savoir si Gabriel est bien véritablement parti ou s'il est toujours à Paris.

— Comment, tu doutes…

— Mon père, une idée terrible m'est passée dans l'esprit, c'est que c'est pour se débarrasser de moi que Gabriel a écrit qu'il partait.

— Et qui[1] peut te faire croire cela ? demanda le prêtre.

— D'abord son silence ; si pressé qu'il fût au moment du départ, il avait toujours le temps de m'écrire un mot ; si ce n'était point de Paris, du moins du lieu où il s'est embarqué, puis de là-bas, s'il y était. Ne m'eût-il pas donné de ses nouvelles ? ne sait-il pas qu'une lettre de lui c'est ma vie, et peut-être la vie de mon enfant ?

Le curé poussa un soupir.

— Oui, oui, murmura-t-il, l'homme en général est égoïste, et je ne veux calomnier personne ; mais Gabriel, Gabriel ! Ma pauvre enfant, j'ai toujours vu avec peine ton grand amour pour cet homme-là.

1. Au XIXe siècle, « qui » peut avoir un sens neutre (« que », « qu'est-ce qui », « quoi »).

— Que voulez-vous, mon père ! nous avons été élevés ensemble, nous ne nous sommes jamais quittés ; que voulez-vous ! il me semblait que la vie continuerait comme elle avait commencé.

— Eh bien ! tu dis donc que tu désires savoir…

— Si Gabriel est bien réellement parti de Paris.

— C'est facile, et il me semble que par son père… Écoute, m'autorises-tu à tout dire à son père ?

— J'ai remis ma vie et mon honneur entre vos mains, mon père, repris-je, faites-en ce que vous voudrez.

— Attends-moi, ma fille, dit le prêtre, je vais chez Thomas Lambert.

Le prêtre sortit.

Je restai à genoux comme j'étais, appuyant ma tête sur le bras du fauteuil, sans prier, sans pleurer, perdue dans mes pensées.

Au bout d'un quart d'heure, la porte se rouvrit.

J'entendis des pas qui se rapprochaient de moi et une voix qui me dit :

— Relève-toi, ma fille, et viens dans mes bras.

Cette voix était celle de Thomas Lambert.

Je relevai la tête, et je me trouvai en face du père de Gabriel.

C'était un homme de quarante-cinq à quarante-huit ans, renommé pour sa probité, un de ces hommes qui ne connaissent qu'une chose, l'accomplissement de la parole donnée.

— Mon fils t'a-t-il jamais dit qu'il t'épouserait, Marie ? me demanda-t-il ; voyons, réponds-moi comme tu répondrais à Dieu.

— Tenez, lui dis-je ; et je lui présentai la lettre de Gabriel, où il me promettait que dans trois mois j'irais le rejoindre, et dans laquelle il m'appelait sa femme.

— Et c'est dans la conviction qu'il serait ton mari que tu lui as cédé ?

— Hélas ! je lui ai cédé, répondis-je, parce qu'il allait partir et parce que je l'aimais.

— Bien répondu, dit le prêtre, en secouant la tête en signe d'approbation ; bien répondu, mon enfant.

— Oui, vous avez raison, monsieur le curé, dit Thomas, bien répondu. Marie, reprit-il, tu es ma fille, et ton enfant est mon enfant ; dans huit jours nous saurons où est Gabriel.

— Comment cela ? demandai-je.

— Depuis longtemps j'avais l'intention de faire un voyage à Paris pour régler certains intérêts avec mon propriétaire en personne. Je partirai demain. Je me présenterai chez le banquier, et partout où sera Gabriel je lui écrirai au nom de mon autorité de père pour le sommer de tenir sa parole.

— Bien, dit le curé, bien, Thomas ; et moi je joindrai une lettre à la vôtre, dans laquelle je lui parlerai au nom de la religion.

Je les remerciai tous deux, comme Agar[1] dut remercier l'ange qui lui indiquait la source où elle allait désaltérer son enfant.

Puis, comme je me retirais, le curé me reconduisit.

— À demain, me dit-il.

— Ô mon père, répondis-je, je puis donc encore me présenter à l'église avec mes compagnes ?

— Et pour qui donc l'Église garderait-elle ses consolations, dit le prêtre, si ce n'est pour les malheureux ? Viens, mon enfant, viens avec confiance ; tu n'es

1. Personnage biblique. Agar est une servante d'Abraham, qui lui donne un fils, Ismaël. Chassée par Sara, la femme légitime, elle part dans le désert avec son enfant. Sur le point de succomber à la soif, elle aperçoit un ange qui lui désigne une source où elle peut se désaltérer. Cet épisode a souvent été traité en peinture.

ni la Madeleine ni la femme adultère[1], et Dieu leur a pardonné à toutes deux.

Le lendemain je me confessai et reçus l'absolution.

Le surlendemain, jour de Pâques, je communiai avec mes compagnes.

1. On confond couramment Marie Madeleine avec la pécheresse qui répand un parfum précieux sur les pieds du Christ. La scène est rapportée dans les quatre Évangiles. L'épisode de la femme adultère et de son absolution par Jésus (« Que celui qui n'a jamais péché lui jette la première pierre ») se trouve dans l'Évangile de Jean (8, 1-12).

XIV

Suite de la confession

Dès la veille, comme il l'avait annoncé, Thomas Lambert était parti pour Paris.

Huit jours s'écoulèrent pendant lesquels chaque matin j'allai voir chez le curé s'il avait reçu des nouvelles du père Thomas ; pendant ces huit jours aucune lettre n'arriva.

Le soir du dimanche qui suivait celui de Pâques, je vis entrer vers les sept heures du soir la vieille Catherine ; elle venait me chercher de la part de son maître.

Je me levai toute tremblante et je me hâtai de la suivre ; cependant je n'eus point le courage de franchir la distance qui séparait la maison de mon père du presbytère sans l'interroger.

Elle me dit que le père Thomas venait d'arriver de Paris à l'instant même. Je n'eus pas la force de lui en demander davantage.

J'arrivai.

Tous deux étaient dans le petit cabinet où avait déjà eu lieu la scène que je viens de raconter. Le curé était triste, et le père Thomas était sombre et sévère.

Je restai debout contre la porte ; je sentais que ma cause était jugée et perdue.

— Du courage, mon enfant, me dit le prêtre ; car voilà Thomas qui nous apporte de mauvaises nouvelles.

— Gabriel ne m'aime plus, m'écriai-je.

— On ne sait pas ce qu'est devenu Gabriel, me dit le curé.

— Comment cela ? m'écriai-je ; le vaisseau qui le portait est-il perdu ? Gabriel est-il mort ?

— Plût au ciel, dit son père, et que toute la fable qu'il nous a faite fût une vérité !

— Quelle fable ? demandai-je effrayée, car je commençais à tout voir comme à travers un voile.

— Oui, dit le père, je me suis présenté chez le banquier ; le banquier n'a pas su ce que je voulais lui dire, il n'a jamais eu de commis appelé Gabriel Lambert, il n'a aucun intérêt à la Guadeloupe.

— Oh ! mon Dieu ! mais alors il fallait aller chez celui qui lui a procuré cette place, le candidat, vous savez…

— J'y ai été, dit le père.

— Eh bien ?

— Eh bien ! il n'a jamais écrit ni à mon fils ni à moi.

— Mais la lettre !

— La lettre, je l'avais, et je la lui ai montrée ; il a parfaitement reconnu son écriture ; mais cette lettre, ce n'est pas lui qui l'a écrite.

Je laissai tomber ma tête sur ma poitrine.

Thomas Lambert continua :

— De là j'allai rue des Vieux-Augustins, à l'hôtel de Venise.

— Eh bien ! demandai-je, y avez-vous trouvé trace de son passage ?

— Il est resté six semaines dans l'hôtel, puis il a quitté en payant sa dépense, et l'on ne sait pas ce qu'il est devenu.

— Oh ! mon Dieu ! mon Dieu ! m'écriai-je, que veut dire tout cela ?

— Cela veut dire, murmura Thomas Lambert, que de nous deux, ma pauvre enfant, le plus malheureux, c'est probablement moi.

— Ainsi, vous ignorez complètement ce qu'il est devenu ?

— Je l'ignore.

— Mais, dit le curé, peut-être qu'à la police vous auriez pu savoir…

— J'y ai bien pensé, murmura Thomas Lambert ; mais à la police j'ai eu peur d'en trop apprendre.

Nous frissonnâmes tous, et moi surtout.

— Et maintenant, que faire ? dit le curé.

— Attendre, répondit Thomas Lambert.

— Mais elle, dit le prêtre en me montrant du doigt, elle ne peut pas attendre, elle.

— C'est vrai, dit Thomas Lambert. Qu'elle vienne demeurer chez moi ; n'est-elle point ma fille ?

— Oui ; mais comme elle n'est point la femme de votre fils, dans trois mois elle sera déshonorée.

— Et mon père ! m'écriai-je ; mon père, que cette nouvelle fera mourir de chagrin !

— On ne meurt pas de chagrin, dit Thomas Lambert, mais on souffre beaucoup, et il est inutile de faire souffrir le pauvre homme : sous un prétexte quelconque, Marie ira demeurer un mois chez ma sœur, qui habite Caen, et son père ne saura rien de ce qui sera arrivé pendant ce temps-là.

Tout s'accomplit comme il avait été convenu.

J'allai passer un mois chez la sœur de Thomas Lambert, et, pendant ce mois, je donnai le jour au malheureux enfant qui dort sur ce fauteuil.

Mon père ignora toujours ce qui m'était arrivé, et le secret me fut si bien gardé, que tout le monde dans le village l'ignora comme lui.

Cinq ou six mois s'écoulèrent sans que j'entendisse parler de rien ; mais enfin un matin le bruit se répandit que le maire arrivait de Paris, et que pendant ce voyage il avait rencontré Lambert.

On racontait, à l'appui de cette rencontre, des choses si singulières, que c'était à douter de la véracité de ce récit.

Je sortis pour aller m'informer chez Thomas Lambert de ce qu'il pouvait y avoir de vrai dans les bruits qui étaient parvenus jusqu'à moi ; mais j'eus à peine fait cinquante pas hors de la maison que je rencontrai monsieur le maire lui-même.

— Eh bien ! la belle, me dit-il, cela ne m'étonne plus que ton amoureux ait cessé de t'écrire : il paraît qu'il a fait fortune.

— Oh ! mon Dieu ! et comment cela ? demandai-je.

— Comment ? je n'en sais rien ; mais le fait est que, comme je revenais de Courbevoie, où j'avais dîné chez mon gendre, j'ai rencontré un beau monsieur à cheval, un élégant, un dandy, comme ils disent là-bas, suivi d'un domestique à cheval aussi. Devine qui cela était ?

— Comment voulez-vous que je devine ?

— Eh bien ! c'était maître Gabriel. Je le reconnus, et je sortis à moitié de mon cabriolet pour l'appeler ; mais sans doute il me reconnut aussi, lui, car avant que j'eusse eu le temps de prononcer son nom, il piqua des deux et partit au galop.

— Oh ! vous vous serez trompé, lui dis-je.

— Je le crus comme toi, répondit-il ; mais le hasard fit que j'allai le soir à l'Opéra, au parterre, bien entendu. Moi, je suis un paysan, et le parterre est assez bon pour moi ; mais lui, comme c'est un grand seigneur, à ce qu'il paraît, il était aux premières loges, et dans une des plus belles encore, entre deux colonnes, causant, faisant le joli cœur avec des dames, et ayant à la boutonnière un camélia large comme la main.

— Impossible ! impossible ! murmurai-je.

— C'est pourtant comme cela ; mais moi aussi j'en doutais, et je voulus en avoir le cœur net. Dans l'entr'acte, je sortis et j'allai me poster près de la loge ; bientôt la porte s'ouvrit, et notre fashionable[1] passa près de moi. « Gabriel ! » dis-je à mi-voix. Il se retourna vivement et m'aperçut ; alors il devint rouge comme écarlate, et s'élança dans l'escalier avec tant de rapidité, qu'il pensa renverser un monsieur et une dame qui se trouvèrent sur son chemin. Je le suivis, mais lorsque j'arrivai sous le péristyle, je le vis qui montait dans un coupé[2] des plus élégants ; un valet en livrée refermait la portière sur lui, et le coupé partit au galop.

— Mais comment voulez-vous, demandai-je, qu'il ait une voiture et des domestiques en livrée ? Vous vous serez mépris ; assurément ce n'était pas Gabriel.

— Je te dis que je l'ai vu comme je te vois, et que je suis sûr que c'est lui ; je le connais bien, peut-être, puisque je l'ai eu trois ans pour secrétaire de ma mairie.

— Avez-vous dit cela à d'autres qu'à moi, monsieur le maire ?

— Pardieu, je l'ai dit à qui a voulu l'entendre. Il ne m'a pas demandé le secret, puisqu'il ne m'a pas fait l'honneur de me reconnaître.

— Mais son père ? dis-je à demi-voix.

— Eh bien ! mais son père ne peut qu'être enchanté ; qu'est-ce que cela prouve ? Que son fils a fait fortune.

Je poussai un soupir, et je m'acheminai vers la maison de Thomas Lambert.

Je le trouvai assis devant une table, la tête enfoncée entre les deux mains ; il ne m'entendit pas ouvrir la porte, il ne m'entendit pas m'approcher de lui. Je lui posai la main sur l'épaule ; il tressaillit et se retourna.

1. Jeune homme à la mode. 2. Voiture légère et élégante.

— Eh bien ! me dit-il, toi aussi tu sais tout.

— Monsieur le maire vient de me raconter qu'il avait rencontré Gabriel à cheval et à l'Opéra ; mais peut-être s'est-il trompé.

— Comment veux-tu qu'il se trompe ? Ne le connaît-il pas aussi bien que nous ? Oh ! non, tout cela, va, c'est la pure vérité.

— S'il a fait fortune, répondis-je timidement, il faut nous en féliciter ; au moins il sera heureux, lui.

— Fait fortune ! s'écria le père Thomas ; et par quel moyen veux-tu qu'il ait fait fortune ? Est-ce qu'il y a des moyens honorables de faire fortune en un an et demi ? Est-ce qu'un homme qui a fait fortune honorablement ne reconnaît pas les gens de son pays, cache son existence à son père, oublie les promesses qu'il a faites à sa fiancée ?

— Oh ! quant à moi, dis-je, vous comprenez bien que s'il est si riche que cela, je ne suis plus digne de lui.

— Marie, Marie, dit le père en secouant la tête, j'ai bien plutôt peur que ce soit lui qui ne soit plus digne de toi.

Et il alla au petit cadre qui renfermait le dessin à la plume qu'avait fait autrefois Gabriel, le brisa en morceaux, froissa le dessin entre ses mains, et le jeta au feu.

Je le laissai faire sans l'arrêter, car je pensais, moi, à ce fragment de billet de banque qu'avait, le matin de son départ, ramassé la petite bergère, fragment que j'avais conservé, et sur lequel étaient écrits ces mots :

LA LOI PUNIT DE MORT
LE CONTREFACTEUR.

— Que faire ? lui dis-je.

— Le laisser se perdre s'il n'est pas déjà perdu.

— Écoutez, repris-je, tâchez de m'obtenir de mon

père la permission d'aller passer de nouveau quinze jours chez votre sœur.

— Eh bien ?

— Eh bien ! c'est moi qui irai à Paris à mon tour.

Il secoua la tête, et murmura entre ses dents :

— Course inutile, crois-moi ; course inutile.

— Peut-être.

— S'il me restait quelque espoir, moi, crois-tu que je n'irais pas ? D'ailleurs nous ne savons pas son adresse ; comment le retrouver sans nous informer à la police, et, si nous nous informons à la police, qui sait ce qu'il arrivera ?

— J'ai un moyen, moi, répondis-je.

— De le retrouver ?

— Oui.

— Va donc alors ! c'est peut-être le bon Dieu qui t'inspire. As-tu besoin de quelque chose ?

— J'ai besoin de la permission de mon père, voilà tout.

Le même jour, la permission fut demandée et obtenue, quoique avec plus de difficulté que la première fois. Depuis quelque temps mon père était souffrant, et moi-même je sentais que l'heure était mal choisie pour le quitter ; mais quelque chose de plus fort que ma volonté me poussait.

XV

La bouquetière

Trois jours après, je partis, mon père croyant que j'allais à Caen, et Thomas Lambert et le curé sachant seuls que j'allais à Paris.

Je passai par le village où était mon enfant, et je le pris avec moi. Pauvre folle que j'étais de ne pas songer que c'était déjà trop de moi !

Le surlendemain j'étais à Paris.

Je descendis rue des Vieux-Augustins, à l'hôtel de Venise : c'était le seul hôtel dont je connusse le nom. C'était celui où il était descendu, où je lui avais écrit.

Là, je demandai des informations sur lui ; on se le rappelait parfaitement : il vivait toujours enfermé dans sa chambre, et travaillant sans cesse avec un graveur sur cuivre, on ne savait pas à quoi.

On se rappelait parfaitement que quelque temps après son départ de l'hôtel, un homme d'une cinquantaine d'années, et qui avait l'air d'un paysan, était venu faire les mêmes questions que moi.

Je m'informai où était l'Opéra. On m'indiqua le chemin que je devais suivre, et je me lançai pour la première fois dans les rues de Paris.

Voici quel était le plan que j'avais arrêté dans mon esprit. Gabriel venait à l'Opéra ; j'attendrais devant l'Opéra toutes les voitures qui s'arrêteraient. Si Gabriel descendait de l'une d'elles, je le reconnaîtrais bien ; je demanderais son adresse au valet, et le lendemain je lui écrirais pour lui dire que j'étais à Paris, et lui demander à le voir.

Dès le soir de mon arrivée, je mis ce plan à exécution. C'était il y a eu mardi huit jours. J'ignorais que l'Opéra ne jouait que les lundis, mercredis et vendredis.

J'attendis donc vainement l'ouverture des portes. Je m'informai des causes de cette solitude et de cette obscurité. On me dit que la représentation était pour le lendemain seulement.

Je revins à mon hôtel, où je restai toute la journée du lendemain, seule avec mon pauvre enfant ; je l'avais si peu vu que j'étais heureuse de cet isolement et de cette solitude. À Paris, inconnue comme je l'étais, j'osais au moins être mère.

Le soir vint, et je sortis de nouveau.

Je croyais que je pourrais attendre sous le péristyle, mais les sergents de ville ne me le permirent pas.

Je vis deux ou trois femmes qui circulaient librement : je demandai pourquoi on leur permettait à elles ce qui n'était pas permis à moi ; on me répondit que c'était des bouquetières.

Au milieu de toute cette préoccupation, beaucoup de voitures arrivèrent, mais je ne pus voir ceux qui en descendaient, peut-être Gabriel était-il parmi eux.

C'était une soirée perdue, c'était encore deux jours à attendre ; j'étais résignée ; je rentrai à l'hôtel avec un nouveau projet.

C'était, le surlendemain, de prendre un bouquet de chaque main et de me faire passer pour une bouquetière.

J'achetai des fleurs, je fis les deux bouquets, et j'allai reprendre mon poste : cette fois on me laissa circuler librement.

Je m'approchais de toutes les voitures qui s'arrêtaient,

et j'examinais avec attention les personnes qui en descendaient.

Il était neuf heures à peu près, et tout le monde semblait être arrivé, lorsqu'une dernière voiture en retard apparut à son tour et passa devant moi.

À travers l'ouverture de la portière, je crus reconnaître Gabriel.

Je fus prise d'un si grand tremblement que je m'appuyai contre une borne pour ne pas tomber. Le laquais ouvrit la portière ; un jeune homme, qui ressemblait à Gabriel, s'en élança ; je fis un pas pour aller à lui, mais je sentis que j'allais tomber sur le pavé.

— À quelle heure ? demanda le cocher.

— À onze heures et demie, dit-il en montant légèrement les escaliers.

Et il disparut sous le péristyle tandis que la voiture s'éloignait au galop.

C'était son visage, c'était sa voix : mais comment ce jeune homme élégant et aux manières aisées pouvait-il être le pauvre Gabriel ? La métamorphose me semblait tout à fait impossible.

Et cependant, à l'émotion que j'avais éprouvée, je comprenais qu'il était impossible que ce fût un autre que lui.

J'attendis.

Onze heures et demie sonnèrent. On commença de sortir de l'Opéra, puis les voitures s'avancèrent à la suite les unes des autres.

Un groupe, qui se composait d'un homme de cinquante ans à peu près, d'un jeune homme et de deux femmes, s'approcha d'une des voitures : le jeune homme était Gabriel, il donnait le bras à la plus âgée des deux femmes ; la plus jeune me parut charmante.

Cependant, il ne monta pas avec elles dans la voiture. Il les accompagna seulement jusqu'au marchepied ; puis, après les avoir saluées, il fit quelques pas en arrière, et attendit sur les marches que sa voiture le vînt prendre à son tour.

J'eus donc tout le temps de l'examiner, et je ne conservai aucun doute : c'était bien lui ; il donnait de bruyants signes d'impatience, et quand le cocher s'approcha, il le gronda pour l'avoir fait attendre ainsi cinq minutes.

Était-ce bien là l'humble et timide Gabriel, l'enfant que je protégeais contre les autres enfants ?

— Où va Monsieur ? demanda le laquais en fermant la portière.

— Chez moi, dit Gabriel.

La voiture partit aussitôt, gagna le boulevard et tourna à droite.

Je rentrai à l'hôtel, ne sachant point si je dormais ou si je veillais, et croyant quelquefois que tout ce que j'avais vu était un rêve.

Le surlendemain même chose arriva : seulement, cette fois, au lieu d'attendre le départ du coupé à la sortie de l'Opéra, je l'attendis au coin de la rue Lepelletier ; le coupé passa à minuit moins quelques minutes ; il suivit quelque temps le boulevard, et entra dans la seconde rue à ma droite ; j'allai jusqu'à cette rue pour savoir comment elle se nommait : c'était la rue Taitbout.

Le surlendemain j'attendis au coin de la rue Taitbout. De cette façon, je pensais que j'arriverais à voir où s'arrêterait la voiture.

En effet, la voiture entra au n° 11, preuve de plus qu'il habitait là.

J'arrivai devant la porte au moment où le concierge en refermait les deux battants.

— Que voulez-vous ? me dit-il.

— N'est-ce point ici, demandai-je d'une voix à laquelle j'essayais inutilement de donner un accent de fermeté, n'est-ce point ici que demeure monsieur Gabriel Lambert ?

— Gabriel Lambert ? reprit le concierge, je ne connais pas ce nom-là ; il n'y a personne de ce nom dans la maison.

— Mais ce monsieur qui rentre, comment l'appelez-vous donc ?

— Lequel ?

— Celui dont voici la voiture.

— Je l'appelle le baron Henry de Faverne, et non pas Gabriel Lambert ; si c'est cela que vous voulez savoir, ma belle enfant, vous voilà au courant de la chose.

Et il referma la porte sur moi.

Je revins à l'hôtel, incertaine sur ce que je devais faire. C'était bien Gabriel, il n'y avait pour moi aucun doute, mais c'était Gabriel enrichi, cachant son véritable nom, et auquel, par conséquent, ma visite devait être deux fois désagréable.

Je lui écrivis. Seulement, sur l'adresse, je mis « *À monsieur le baron Henry de Faverne, pour faire passer à monsieur Gabriel Lambert* ».

Je lui demandais une entrevue et je signai : Marie GRANGER.

Puis le lendemain, j'envoyai la lettre par un commissionnaire en lui ordonnant d'attendre la réponse.

Le commissionnaire revint bientôt en me disant que le baron n'était pas chez lui.

Le lendemain, j'y allai moi-même ; sans doute j'étais consignée à la porte, car les valets me dirent que monsieur le baron n'était pas visible.

Le surlendemain, j'y retournai. Les valets me dirent que monsieur le baron avait répondu qu'il ne me connaissait pas et défendait de me recevoir davantage.

Alors je pris mon enfant dans mes bras et vins m'asseoir sur la borne en face de la porte.

J'étais décidée à rester jusqu'à ce qu'il sortît.

J'y restai toute la journée, puis la nuit vint.

À deux heures du matin une patrouille passa et me demanda qui j'étais et ce que je faisais là.

Je répondis que j'attendais.

Le chef de la patrouille m'ordonna alors de le suivre.

Je le suivis sans savoir où il me conduisait.

C'est alors que vous êtes venu et que vous m'avez réclamée.

Et maintenant, monsieur, vous savez tout ; vous veniez de sa part, je n'ai d'autre appui à Paris que vous. Vous paraissez bon ; que faut-il que je fasse ? dites, conseillez-moi.

— Je n'ai rien à vous dire ce soir, répondis-je, mais je le verrai demain matin.

— Et avez-vous quelque espoir pour moi, monsieur ?

— Oui, répondis-je, j'ai l'espoir qu'il ne voudra pas vous revoir.

— Oh ! mon Dieu ! que voulez-vous dire ?

— Je veux dire, ma chère enfant, que mieux vaut être, croyez-moi, la pauvre Marie Granger que la baronne Henry de Faverne.

— Hélas ! vous croyez donc comme moi que c'est…

— Je crois que c'est un misérable, et je suis à peu près sûr de ne pas me tromper.

— Ah ! ma fille, ma fille, dit la pauvre mère en allant se jeter à genoux devant le fauteuil de son enfant et en le couvrant de ses deux bras, comme si elle eût pu le protéger contre l'avenir qui l'attendait.

Il était trop tard pour qu'elle retournât à son hôtel de la rue des Vieux-Augustins.

J'appelai ma femme de charge, et je la remis, elle et son enfant, entre ses mains.

Puis, j'envoyai un de mes domestiques annoncer à la maîtresse de l'hôtel de Venise que mademoiselle Marie Granger, s'étant trouvée indisposée chez le docteur Fabien, où elle dînait, ne pouvait pas rentrer avant le lendemain.

XVI

Catastrophe

Le lendemain, ou plutôt le même jour, mon valet de chambre entra chez moi à sept heures du matin.

— Monsieur, me dit-il, un domestique de monsieur le baron Henry de Faverne est là et attend déjà depuis une demi-heure ; mais comme Monsieur s'est couché à trois heures, je n'ai pas voulu le réveiller. J'eusse même tardé encore, s'il n'en était arrivé un second, plus pressant que le premier.

— Eh bien ! que demandent ces deux domestiques ?

— Ils viennent dire que leur maître attend Monsieur. Il paraît que le baron est très souffrant et ne s'est pas couché de la nuit.

— Répondez que j'y vais à l'instant même.

En effet, je m'habillai en toute hâte, et je courus chez le baron.

Comme me l'avaient dit ses domestiques, il ne s'était pas couché, mais seulement il s'était jeté tout habillé sur son lit.

Je le trouvai donc avec son pantalon et ses bottes, enveloppé d'une grande robe de chambre en damas. Son habit et son gilet étaient suspendus sur une chaise, et tout annonçait dans l'appartement le désordre d'une nuit d'agitation et d'insomnie.

— Ah ! docteur, c'est vous, me dit-il ; qu'on ne laisse entrer personne.

Et, d'un signe de la main, il congédia le valet qui m'avait introduit.

— Pardon, lui dis-je, de ne pas être venu plus tôt. Mon domestique n'a pas voulu m'éveiller, je m'étais couché à trois heures du matin.

— C'est moi qui vous prie d'agréer mes excuses ; je vous ennuie, docteur, je vous fatigue, et avec vous la chose est d'autant plus terrible qu'on ne sait comment vous dédommager de vos peines ; mais vous voyez que je souffre réellement, n'est-ce pas ? et vous avez pitié de moi.

Je le regardai.

Il était en effet difficile de voir une figure plus bouleversée que la sienne : il me fit pitié.

— Oui, vous souffrez, lui dis-je, et je comprends que pour vous la vie soit un supplice.

— C'est-à-dire, voyez, docteur, c'est-à-dire qu'il n'y a pas une de ces armes, poignard ou pistolet, que je n'aie appuyée deux ou trois fois sur mon cœur ou sur mon front ! Mais, que voulez-vous ?

Il baissa la voix en ricanant.

— Je suis un lâche ; j'ai peur de mourir. Croyez-vous cela ? Vous, docteur, vous qui m'avez vu me battre, croyez-vous que j'aie peur de mourir ?

— Au premier abord, j'ai jugé que vous n'aviez pas le courage moral, monsieur.

— Comment, docteur, vous osez me dire à moi, en face…

— Je vous dis que vous n'avez que le courage sanguin, c'est-à-dire celui qui monte à la tête avec le sang. Je vous dis que vous n'avez aucune résolution ; et, la preuve, c'est qu'ayant eu dix fois l'envie de vous tuer, comme vous le dites, c'est qu'ayant sous la main des armes de toute espèce, vous m'avez demandé du poison.

Il poussa un soupir, tomba dans un fauteuil et garda le silence.

— Mais, lui dis-je au bout d'un instant, ce n'est pas pour soutenir une thèse sur le courage physique ou moral, sanguin ou bilieux, que vous m'avez fait venir, n'est-ce pas ? c'est pour me parler d'*elle* ?

— Oui, oui, vous avez raison, c'est pour vous parler d'elle. Vous l'avez vue, n'est-ce pas ?

— Oui.

— Eh bien ! qu'en dites-vous ?

— Je dis que c'est un noble cœur, je dis que c'est une sainte jeune fille.

— Oui, mais en attendant elle me perdra ; car elle n'a voulu entendre à rien[1], n'est-ce pas ? Elle refuse toute indemnité, elle veut que je l'épouse, ou elle ira crier sur les toits qui je suis, et peut-être ce que je suis.

— Je ne dois pas vous cacher qu'elle était venue à Paris dans cette intention.

— Et en aurait-elle changé depuis ? Docteur, seriez-vous parvenu à l'en faire changer ?

— Je lui ai dit du moins ce que je pense, qu'il valait mieux être Marie Granger que madame de Faverne.

— Qu'entendez-vous par là, docteur ? Voudriez-vous dire[2] ?...

— Je veux dire, monsieur Lambert, repris-je froidement, qu'entre le malheur passé de Marie Granger et le malheur à venir de mademoiselle de Macartie, je préférerais le malheur de la pauvre fille qui n'aura pas de nom à donner à son enfant.

— Hélas ! oui, oui, docteur, vous avez raison, c'est

1. Elle n'a rien voulu entendre. 2. Là s'arrêtait la troisième partie dans le découpage de *La Chronique*.

un nom fatal que le mien. Mais, dites-moi, mon père vit-il toujours ?

— Oui.

— Ah ! Dieu soit loué ! Je n'ai pas eu de ses nouvelles depuis plus de quinze mois.

— Il est venu à Paris pour vous y chercher, quand il a su que vous n'étiez pas parti pour la Guadeloupe.

— Grand Dieu... ! Et qu'a-t-il appris à Paris ?

— Il a appris que vous n'aviez jamais été chez le banquier, et que la lettre qu'il avait reçue de votre prétendu protecteur n'avait jamais été écrite par lui.

Le malheureux poussa un soupir qui ressemblait à un gémissement ; puis il porta les mains à ses yeux.

— Il sait cela, il sait cela, murmura-t-il après un instant de silence. Mais enfin, qu'y a-t-il à dire ? cette lettre était supposée[1], c'est vrai, cela ne faisait de tort à personne. Je voulais venir à Paris ; je serais devenu fou si je n'y étais pas venu. J'ai employé ce moyen, c'était le seul ; n'en eussiez-vous pas fait autant à ma place, docteur ?

— Est-ce sérieusement que vous me demandez cela, monsieur ? lui demandai-je en le regardant fixement.

— Docteur, vous êtes l'homme le plus inflexible que je connaisse, reprit le baron en se levant et en se promenant à grands pas. Vous ne m'avez jamais dit que des duretés et cependant, comment cela se fait-il ? vous êtes le seul homme en qui j'aie une confiance sans bornes. Si un autre soupçonnait la moitié des choses que vous savez !

Il s'approcha d'un pistolet pendu à la muraille, et porta la main sur la crosse avec une expression de férocité qui appartenait plutôt à une bête sauvage.

— Je le tuerais !

1. Fausse.

En ce moment un valet entra.

— Que voulez-vous ? demanda brusquement le baron.

— Pardon si j'interromps Monsieur malgré son ordre, mais Monsieur a remonté ses écuries il y a trois mois, et c'est un commis de la banque qui vient pour toucher un des billets que Monsieur a faits.

— Et de combien est le billet ? demanda le baron.

— De quatre mille francs.

— C'est bien, dit le baron allant à son secrétaire, et, retirant du portefeuille qu'il m'avait donné autrefois à garder quatre billets de banque de mille francs chacun : tenez, les voilà, et rapportez-moi le billet.

C'était une action toute simple que de prendre dans un portefeuille des billets de banque et de les remettre à un domestique.

Cependant le baron accomplit cette action avec une hésitation visible, et son visage ordinairement pâle devint livide lorsqu'il suivit d'un regard inquiet le domestique qui sortait avec les billets.

Il y eut entre nous deux un moment de silence sombre, pendant lequel le baron remua deux ou trois fois les lèvres pour parler ; mais à chaque fois les paroles expirèrent sur ses lèvres.

Le domestique ouvrit la porte de nouveau.

— Eh bien ! qu'y a-t-il encore ? demanda le baron avec une vive impatience.

— Le porteur désirerait dire un mot à Monsieur.

— Cet homme n'a rien à me dire ! s'écria le baron ; il a son argent, qu'il s'en aille.

Le porteur apparut alors derrière le domestique, et se glissa entre lui et la porte.

— Pardon, dit-il, pardon ; vous vous trompez, monsieur, j'ai quelque chose à vous dire.

Puis d'un bond s'élançant au collet du baron :

— J'ai à vous dire que vous êtes un faussaire ! s'écria-t-il, et qu'au nom de la loi je vous arrête.

Le baron jeta un cri de terreur et devint couleur de cendre.

— À moi, murmura-t-il ; à moi, docteur ; Joseph, appelle mes gens ; à moi, à moi !

— À moi ! cria aussi d'une voix forte le prétendu porteur de la banque ; à moi, les autres !

Aussitôt la porte d'un escalier secret s'ouvrit, et deux hommes se précipitèrent dans la chambre du baron.

C'étaient deux agents de la police de sûreté.

— Mais qui êtes-vous ? s'écria le baron en se débattant ; qui êtes-vous, et que me voulez-vous ?

— Monsieur le baron, je suis V…[1], dit le faux employé de la banque, et vous êtes pincé ; ne faites donc pas de bruit, pas de scandale, et suivez-nous gentiment.

Le nom que venait de prononcer cet homme était si connu que je tressaillis malgré moi.

— Vous suivre, continua le baron, tout en se débattant, vous suivre, et où cela vous suivre ?

— Pardieu ! où l'on conduit les gens comme vous ; vous n'êtes pas à vous en informer, j'en suis sûr, et vous devez le savoir… au dépôt de la police, pardieu !

— Jamais ! s'écria le prisonnier, jamais.

Et, par un violent effort, se débarrassant des deux hommes qui le tenaient, il s'élança vers son lit, et saisit un poignard turc.

Au même instant, le faux porteur de la banque tira, d'un mouvement rapide comme la pensée, deux pistolets de poche qu'il dirigea contre le baron.

---

1. Il s'agit de François Vidocq (1775-1857), escroc, ancien forçat puis indicateur de la police et finalement chef de la police de Sûreté de 1811 à 1827. Il démissionne, puis reprend du service de 1831 à 1832. En 1828, il publie des *Mémoires* qui rencontrent un grand succès. Il a servi de modèle à Balzac pour le personnage de Vautrin.

Mais il s'était mépris aux intentions de celui-ci ; ce fut contre lui-même qu'il tourna l'arme.

Les deux agents voulurent se précipiter sur lui pour la lui arracher.

— Inutile ! dit V…, inutile ! Soyez tranquilles, il ne se tuera pas ; je connais messieurs les faussaires de longue date : ce sont des gaillards qui ont le plus grand respect pour leur personne. Allez, mon ami, allez, continua-t-il en se croisant les bras et en laissant le malheureux libre de se poignarder ; ne vous gênez pas pour nous ; faites, faites.

Le baron sembla vouloir donner un démenti à celui qui venait de lui porter cet étrange défi ; il rapprocha vivement sa main de sa poitrine, se frappa de plusieurs coups, et tomba en poussant un cri. Sa chemise se couvrit de sang.

— Vous le voyez bien, lui dis-je en m'élançant vers le baron, le malheureux s'est tué.

Il se mit à rire.

— Tué, lui ! ah ! pas si bête ! Ouvrez la chemise, docteur.

— Docteur ! repris-je étonné.

— Pardieu ! reprit V…, je vous connais : vous êtes le docteur Fabien. Ouvrez sa chemise, et si vous trouvez une seule blessure qui ait plus de quatre ou cinq lignes[1] de profondeur, je demande à être guillotiné à sa place.

Cependant je doutais, car le malheureux était véritablement évanoui et sans mouvement.

J'ouvris sa chemise et je visitai ses blessures.

Il y en avait six ; mais, comme l'avait prédit V…, c'étaient de véritables piqûres d'épingle.

Je m'éloignai avec dégoût.

1. Dans l'ancien système des poids et mesures, une ligne vaut deux millimètres.

— Eh bien ! me dit V…, suis-je bon physiologiste[1], monsieur le docteur ? Allons, allons, continua-t-il, mettez-moi les poucettes[2] à ce gaillard-là, ou sans cela il frétillera tout le long de la route.

— Non, non, messieurs, s'écria le baron tiré de son évanouissement par cette menace ; pourvu qu'on me laisse aller en voiture, je ne dirai pas un mot, je ne ferai pas une tentative d'évasion, je vous en donne ma parole d'honneur.

— Entendez-vous, mes enfants, il donne sa parole d'honneur ; c'est rassurant, hein ? Que dites-vous de la parole d'honneur de monsieur ?

Les deux agents se mirent à rire, et s'avancèrent vers le baron avec les poucettes.

J'éprouvais une impression de malaise que je ne puis rendre. Je voulus me retirer.

— Non ! non ! s'écria le baron en se cramponnant à mon bras ; non, ne vous en allez pas. Si vous vous en allez, ils n'auront plus aucune pitié de moi ; ils me traîneront dans les rues comme un criminel.

— Mais à quoi puis-je vous être bon, moi, monsieur ? demandai-je. Je n'ai aucune influence sur ces messieurs.

— Si, si, vous en avez, docteur ; détrompez-vous, dit-il à demi-voix, un honnête homme a toujours de l'influence sur ces gens-là. Demandez-leur de m'accompagner jusqu'à la police, et vous verrez qu'ils me laisseront aller en voiture et qu'ils ne me garrotteront pas.

Un sentiment de profonde pitié me serrait le cœur, et l'emportait sur le mépris.

— Monsieur V…, dis-je au chef des agents, ce malheureux me prie d'intercéder en sa faveur ; il est connu dans tout le quartier, il a été reçu dans le monde… Eh

---

1. Ici : qui devine le caractère d'après le physique. 2. Menottes prenant en étau les pouces du prisonnier.

bien ! je vous en supplie, épargnez-lui les humiliations inutiles.

— Monsieur Fabien, me répondit V… avec une politesse exquise, je n'ai rien à refuser à un homme comme vous. J'ai entendu que cet homme vous priait de l'accompagner jusqu'à la police. Eh bien ! si vous y consentez, je monterai avec vous dans la voiture, voilà tout, et les choses se passeront en douceur.

— Docteur, je vous en supplie, dit le baron.

— Eh bien ! dis-je, soit, j'accomplirai ma mission jusqu'au bout. Monsieur V…, ayez la bonté d'envoyer chercher un fiacre.

— Et faites-le approcher de la porte qui donne dans la rue du Helder ! s'écria le baron.

— Fil-de-soie, dit V… avec un ton d'ironie impossible à rendre, exécutez les ordres de monsieur le baron.

L'individu désigné sous le nom de Fil-de-soie sortit pour exécuter la mission dont il était chargé.

— Pendant ce temps, dit V…, avec la permission de monsieur le baron, je ferai une petite perquisition dans le secrétaire.

Gabriel fit un mouvement vers le secrétaire.

— Oh ! ne vous dérangez pas, monsieur le baron, dit V… en étendant le bras. Quand nous en trouverions quelques-uns là-dedans, il n'en serait ni plus ni moins : nous en avons déjà une centaine au moins qui sortent de votre fabrique.

Le prisonnier tomba assis sur une chaise, et celui qui l'avait arrêté procéda à la perquisition.

— Ah ! ah ! dit-il, je connais ces secrétaires-là, c'est de la façon de Barthélemy[1]. Voyons d'abord les tiroirs, nous verrons les secrets[2] ensuite.

Et il fouilla dans tous les tiroirs, où, excepté le

---

1. Grand ébéniste français de la seconde moitié du XVIIIe siècle.
2. Tiroirs invisibles d'un meuble.

portefeuille dont nous avons déjà parlé, il n'y avait rien que des lettres.

— Maintenant, dit-il, voyons les secrets.

Gabriel le suivait des yeux en pâlissant et en rougissant tour à tour.

Ce fut alors que j'admirai la dextérité de cet homme. Il y avait dans le secrétaire quatre secrets différents ; non seulement aucun ne lui échappa, mais encore, à l'instant même, sans tâtonner, à la simple inspection, il en découvrit le mécanisme.

— Voilà le pot aux roses, dit-il en réunissant une centaine de billets de cinq cents francs et de mille francs. Peste ! monsieur le baron, vous n'y alliez pas de main morte ! quatre gaillards comme vous seulement, et au bout de l'année la banque sauterait.

Le prisonnier ne répondit que par un gémissement profond, et en cachant sa tête entre ses deux mains.

En ce moment Fil-de-soie, l'agent, rentra.

— Messieurs, le fiacre est à la porte, dit-il.

— En ce cas, dit V…, partons.

— Mais, interrompis-je, vous voyez que monsieur est en robe de chambre ; vous ne pouvez l'emmener ainsi.

— Oui, oui, s'écria Gabriel, il faut que je m'habille.

— Habillez-vous donc, et faites vite. J'espère que nous sommes gentils, hein ? Il est vrai que ce n'est pas pour vous ce que nous en faisons, c'est pour monsieur le docteur.

Et il se retourna de mon côté et me salua.

Mais au lieu de profiter de la permission qui lui était donnée, Gabriel restait immobile sur sa chaise.

— Eh bien ! eh bien ! remuons-nous donc un peu, voyons, et plus vite que ça ! Nous avons à neuf heures un autre monsieur à pincer, et il ne faut pas que l'un nous fasse manquer l'autre.

Gabriel ouvrit l'armoire où étaient pendus ses

habits ; mais il en détacha cinq ou six avant de s'arrêter à l'un d'eux.

— Avec la permission de monsieur le baron, dit V..., nous lui servirons de valets de chambre.

Et il fit un signe aux agents, qui tirèrent d'une commode un gilet et une cravate, tandis que lui choisissait dans l'armoire une redingote.

Alors commença la plus étrange toilette que j'eusse vue de ma vie. Debout et vacillant sur ses jambes, le prisonnier se laissait faire, fixant sur chacun de nous un œil étonné.

On lui noua sa cravate au cou, on lui passa son gilet, on lui mit son habit comme on eût fait à un automate, puis on lui posa son chapeau sur la tête, et on lui glissa dans la main une badine à pomme d'or.

On eût dit que si on ne le soutenait pas, il allait tomber.

Les deux agents le prirent chacun sous une épaule, et c'est alors seulement qu'il sembla se réveiller.

— Non, non, s'écria-t-il en se cramponnant à mon bras ; ainsi, ainsi ! vous me l'avez promis, docteur.

— Oui, repris-je ; mais venez.

— Monsieur le baron, dit V..., je vous préviens que si vous faites un mouvement pour fuir, je vous brûle la cervelle.

Je sentis tout son corps frissonner à cette menace.

— Ne vous ai-je pas donné ma parole d'honneur de ne point chercher à m'échapper ? dit-il, essayant de couvrir sa lâcheté sous un sentiment d'honorable apparence.

— Ah ! c'est vrai, dit V..., en armant ses pistolets, je l'avais oublié. Marchons.

Nous descendîmes l'escalier, le malheureux appuyé à mon bras et suivi par le chef et ses deux alguazils[1].

---

1. En espagnol, officier de police. Employé ici sur le mode ironique.

Arrivés dans la cour, un des deux agents courut au fiacre et en ouvrit la portière.

Avant d'y monter, Gabriel jeta un regard effaré à droite et à gauche, comme pour voir s'il n'y avait pas moyen de fuir.

Mais en ce moment il sentit qu'on lui appuyait quelque chose entre les deux épaules ; il se retourna : c'était le canon du pistolet.

D'un seul bond il se précipita dans le fiacre.

V… me fit signe de la main de monter et de prendre le fond. Ce n'était pas l'occasion de faire des cérémonies. Je me plaçai au poste qui m'était désigné.

Il dit alors en argot à ses deux agents quelques paroles que je ne pus comprendre ; et, montant à son tour, il s'assit sur le devant.

Le cocher ferma la portière.

— À la préfecture de police, n'est-ce pas, mon maître, dit-il.

— Oui, répondit V… ; mais comment savez-vous où nous allons, mon ami ?

— Chut ! je vous ai reconnu, dit le cocher ; c'est déjà la troisième fois que je vous mène, et toujours en compagnie.

— Eh bien ! dit V…, fiez-vous donc à l'incognito !

Le fiacre se mit à rouler du côté du boulevard ; puis il prit la rue de Richelieu, gagna le pont Neuf, suivit le quai des Orfevres, tourna à droite, passa sous une voûte, enfila une espèce de ruelle, et s'arrêta devant une porte.

Alors, seulement, le prisonnier parut sortir de sa torpeur ; pendant toute la route il n'avait pas dit un seul mot.

— Comment ! s'écria-t-il, déjà ! déjà ! déjà !

— Oui, monsieur le baron, dit V…, voilà votre logement provisoire ; il est moins élégant que celui de la rue Taitbout ; mais, dame ! dans votre profession, il y a des hauts et des bas, faut être philosophe.

Ce disant, il ouvrit la portière et sauta hors du fiacre.

— Avez-vous quelque recommandation à me faire avant que je vous quitte, monsieur ? demandai-je au prisonnier.

— Oui, oui ; qu'elle ne sache rien de ce qui est arrivé.

— Qui, elle ?

— Marie.

— Ah ! c'est vrai, répondis-je ; pauvre femme ! je l'avais oubliée. Soyez tranquille, je ferai ce que je pourrai pour lui cacher la vérité.

— Merci, merci, docteur. Ah ! je le savais bien que vous étiez mon seul ami.

— Eh bien ! j'attends, dit le chef de la brigade.

Gabriel poussa un soupir, secoua tristement la tête, et s'apprêta à descendre.

Comme pour l'aider, V… le prit par le bras ; tous deux s'approchèrent de la porte fatale, qui s'ouvrit d'elle-même et comme si elle reconnaissait son grand pourvoyeur.

Le prisonnier me jeta un dernier regard de détresse, et la porte se referma sur eux avec un bruit sourd et retentissant.

Le même jour, Marie quitta Paris et retourna à Trouville. Comme je l'avais promis à Gabriel, je ne lui avais rien dit ; mais elle se doutait de tout.

XVII

Bicêtre

Six mois s'étaient écoulés depuis les événements que je viens de raconter, et plus d'une fois, malgré les efforts que j'avais faits pour les oublier, ils s'étaient représentés à ma mémoire, lorsque, vers les six heures du soir, comme j'allais me mettre à table, je reçus cette lettre :

« Monsieur,

Au moment de paraître devant le trône de Dieu, où va le conduire une condamnation capitale, le malheureux Gabriel Lambert, qui a conservé un profond souvenir de vos bontés, voudrait réclamer de vous un dernier service ; il espère que vous voudrez bien obtenir du préfet la permission de le voir, et descendre une dernière fois dans son cachot. Il n'y a pas de temps à perdre : l'exécution a lieu demain, à sept heures du matin.

J'ai l'honneur d'être, etc., etc.

L'abbé…,
Aumônier des prisons. »

J'avais deux ou trois personnes à dîner.

Je leur montrai la lettre ; je leur expliquai en

quelques mots ce dont il était question, je constituai l'un d'eux mon représentant, je le chargeai de faire en mon absence les honneurs aux autres.

Je montai en cabriolet et je partis tout de suite.

Comme je l'avais prévu, je n'eus aucune peine à obtenir mon laissez-passer, et j'arrivai à Bicêtre[1] vers les sept heures du soir.

C'était la première fois que je franchissais le seuil de cette prison, qui, depuis qu'on n'exécutait plus sur la place de Grève[2], était devenue la dernière habitation des condamnés à mort.

Aussi ce ne fut pas sans un profond serrement de cœur, et sans une espèce de crainte personnelle dont le plus honnête homme n'est point exempt, que j'entendis les portes massives se refermer sur moi.

Il semble que là où toute parole est une plainte, tout bruit un gémissement, on respire un autre air que l'air destiné aux hommes ; et certes, lorsque je montrai au directeur de la prison la permission que j'avais de visiter son commensal[3], je devais être aussi pâle et aussi tremblant que les hôtes qu'il est habitué à recevoir.

À peine eut-il lu mon nom, qu'il s'interrompit pour me saluer une seconde fois.

Puis, appelant un guichetier :

— François, dit-il, conduisez monsieur au cachot de Gabriel Lambert ; les règles ordinaires de la prison ne

---

1. Célèbre prison parisienne pour les condamnés de droit commun (jusqu'en 1836). C'était de Bicêtre que partait la chaîne des bagnards, qui rejoignait à pied les ports de Toulon, Rochefort ou Brest. Vidocq y fut emprisonné ; c'est là également que Hugo situe l'action du *Dernier Jour d'un condamné.* **2.** La guillotine fut déplacée en 1832 à la barrière Saint-Jacques, pour limiter l'affluence aux exécutions capitales. **3.** Hôte.

sont point faites pour lui, et s'il désire rester seul avec le condamné, vous lui accorderez cette liberté.

— Dans quel état trouverai-je ce malheureux ? demandai-je.

— Comme un veau qu'on mène à l'abattoir, à ce qu'on m'a dit, du moins ; vous verrez, il est si abattu qu'on a jugé inutile de lui mettre la camisole de force.

Je poussai un soupir. V... ne s'était pas trompé dans ses prévisions, et en face de la mort le courage ne lui était pas revenu.

Je fis de la tête un signe de remerciement au directeur, qui se remit à la partie de piquet que mon arrivée avait interrompue, et je suivis le guichetier.

Nous traversâmes une petite cour ; nous entrâmes sous un corridor sombre ; nous descendîmes quelques marches.

Nous trouvâmes un second corridor dans lequel veillaient des geôliers qui, de minute en minute, allaient attacher leur visage à des ouvertures grillées.

Ces cellules étaient celles des condamnés à mort, dont on surveille ainsi les derniers moments, de peur que le suicide ne les enlève à l'échafaud.

Le guichetier ouvrit une de ces portes ; et comme, par un dernier sentiment d'effroi, je demeurais immobile :

— Entrez, dit-il, c'est ici. Eh ! eh ! jeune homme, ajouta-t-il, égayez-vous donc un peu, voilà la personne que vous avez demandée.

— Qui ? le docteur ? demanda une voix.

— Oui, monsieur, répondis-je en entrant, je me rends à votre invitation, me voici.

Alors je pus embrasser d'un coup d'œil la misérable et sombre nudité de ce cachot.

Au fond était une espèce de grabat, au-dessus duquel de gros barreaux indiquaient qu'il devait exister un soupirail.

Les murs, noircis par le temps et par la fumée, étaient rayés de tous côtés par les noms que les hôtes successifs de cette terrible demeure avaient inscrits à l'aide de leurs fers peut-être. Un d'eux, d'une imagination plus capricieuse que les autres, y avait tracé l'image d'une guillotine.

Près d'une table éclairée par une mauvaise lampe fumeuse, deux hommes étaient assis.

L'un d'eux était un homme de quarante-huit à cinquante ans, auquel ses cheveux blancs donnaient l'apparence d'un vieillard de soixante-dix ans.

L'autre était le condamné.

À mon aspect[1], celui-ci se leva, mais l'autre resta immobile comme s'il ne voyait ou n'entendait plus.

— Ah ! docteur, dit le condamné en s'appuyant de la main sur la table, afin de se tenir debout, ah ! docteur, vous avez donc consenti à me venir voir. Je connaissais bien votre excellent cœur, et cependant je doutais, je l'avoue. Mon père, mon père, dit le condamné en frappant sur l'épaule du vieillard, c'est le docteur Fabien dont je vous ai tant parlé… Excusez-le, continua le jeune homme en revenant à moi et en me montrant Thomas Lambert, mais ma condamnation lui a porté un tel coup que je crois qu'il devient fou.

— Vous avez désiré me parler, monsieur, lui répondis-je, et je me suis empressé de me rendre à votre invitation. Dans mon état la condescendance pour de pareilles prières n'est pas une affaire de bonté, mais de devoir.

— Eh bien ! docteur… vous savez, dit le condamné, c'est… pour demain.

Et il retomba assis sur son escabeau, épongea son front mouillé de sueur avec un mouchoir tout humide,

1. À ma vue.

porta à ses lèvres un verre d'eau, dont il but quelques gouttes, mais sa main était tellement tremblante que j'entendis le verre claquer contre ses dents.

Pendant le moment de silence qui se fit alors, je l'examinai avec attention.

Jamais la plus douloureuse maladie n'avait produit, je crois, sur un homme un plus terrible changement.

Faux et ridicule sous son costume de dandy, Gabriel, sous la livrée de l'échafaud, était redevenu une créature digne de pitié. Son corps, toujours trop grêle pour sa longue taille, était encore amaigri. L'orbe de ses yeux caves semblait nager dans le sang. Sa figure tirée était livide, et la sueur avait collé à son front des mèches de cheveux devenues solides.

Il portait le même habit, le même gilet et le même pantalon que le jour où on l'avait arrêté ; seulement, tout cela était sale et déchiré.

— Mon père, dit-il, en secouant le vieillard toujours immobile et muet, mon père, c'est le docteur.

— Hein ? murmura le vieillard.

— Je vous dis que c'est le docteur, continua-t-il en haussant la voix, et je voudrais lui parler.

— Oui, oui, murmura le vieillard. Eh bien ! parle.

— Mais lui parler seul. Vous ne comprenez pas que je désire lui parler à lui seul. Eh ! mon Dieu, s'écria-t-il avec impatience, nous n'avons cependant pas de temps à perdre ! Levez-vous, mon père, levez-vous, et laissez-nous.

Alors il passa la main sous l'épaule du vieillard et essaya de le soulever.

— Qu'y a-t-il, qu'y a-t-il ? dit le vieillard, est-ce qu'ils viennent déjà te chercher ? Il n'est pas encore temps ; ce n'est que pour demain six heures ?

Le condamné retomba sur son escabeau, en poussant un profond gémissement.

— Tenez, docteur, dit-il, faites-lui entendre raison, dites-lui que je désire rester seul avec vous ; quant à moi, j'y renonce, mes forces sont brisées.

Et il se laissa aller en sanglotant, les bras tendus et la face contre la table.

Je fis signe au guichetier de m'aider. Il s'approcha avec moi du vieillard.

— Monsieur, lui dis-je, je suis une ancienne connaissance de votre fils. Il a un secret à me confier, seriez-vous assez bon pour nous laisser seuls ?

En même temps nous le soulevâmes, chacun par un bras, pour le conduire dans le corridor.

— Ce n'est pas là ce qu'on m'a promis, s'écria-t-il. On m'a promis que je resterais avec lui jusqu'au dernier moment. J'en ai obtenu la permission ; pourquoi veut-on m'emmener ? Oh ! mon fils, mon enfant, mon Gabriel !

Et le vieillard, rappelé à lui par l'excès même de sa douleur, se jeta sur le jeune homme étendu sur la table.

— Il ne s'en ira pas, murmura le condamné, et cependant il doit comprendre que chaque minute est plus précieuse pour moi qu'une année dans la vie d'un autre.

— On ne veut pas vous arracher à votre fils, monsieur, lui dis-je, entendez bien cela ; c'est votre fils, au contraire, qui désire rester un instant seul avec moi.

— Est-ce bien vrai, Gabriel ? demanda le vieillard.

— Eh ! mon Dieu ! oui, puisque je vous le répète depuis une heure.

— Alors, c'est bien, je m'en vais ; mais je veux rester tout près de son cachot.

— Vous resterez là dans le corridor, dit le geôlier.

— Et je pourrai rentrer ?

— Aussitôt que votre fils vous redemandera.

— Vous ne voudriez pas me tromper, docteur ; ce serait affreux de tromper un père.

— Je vous donne ma parole d'honneur que, dans un instant, vous pourrez rentrer.

— Alors je vous laisse, dit le vieillard ; et, mettant à son tour ses mains sur ses deux yeux, il sortit en sanglotant.

Le geôlier sortit en même temps que lui et referma la porte.

J'allai m'asseoir à la place que le vieillard avait quittée.

— Eh bien ! monsieur Lambert, lui dis-je, nous voilà seuls, que puis-je faire pour vous ? Parlez.

Il souleva lentement la tête, se raidit sur ses deux mains, jeta tout autour de lui des yeux égarés ; puis, ramenant sur moi un regard qui, peu à peu, prit une fixité effrayante :

— Vous pouvez me sauver, dit-il.

— Moi, m'écriai-je en tressaillant, et comment cela ?

Il saisit ma main.

— Silence, me dit-il, et écoutez-moi.

— J'écoute.

— Vous rappelez-vous un jour que nous étions assis rue Taitbout, comme nous le sommes, et que je vous montrai, écrits sur un billet de banque, ces mots : LA LOI PUNIT DE MORT LE CONTREFACTEUR ?

— Oui.

— Vous rappelez-vous que je me plaignis alors de la dureté de cette loi, et que vous me dites que le roi avait l'intention de proposer aux Chambres une commutation de peine ?

— Oui, je me le rappelle encore.

— Eh bien ! je suis condamné à mort, moi ; avant-hier, mon pourvoi en cassation a été rejeté ; il ne me reste d'espoir que dans le pourvoi en grâce que j'ai adressé hier à Sa Majesté.

— Je comprends.

— Vous êtes toujours le médecin du roi par quartier ?

— Oui, et même dans ce moment-ci je suis de service.

— Eh bien ! mon cher docteur, en votre qualité de médecin du roi, vous pouvez le voir à toute heure ; voyez-le, je vous en supplie, dites que vous me connaissez, ayez ce courage, et demandez-lui ma grâce ; au nom du ciel ! je vous en supplie.

— Mais cette grâce, repris-je, en supposant même que je puisse l'obtenir, ne sera jamais qu'une commutation de peine.

— Je le sais bien.

— Et cette commutation de peine, ne vous abusez pas, ce sera les galères à perpétuité.

— Que voulez-vous, murmura le condamné avec un soupir, cela vaut toujours mieux que la mort !

À mon tour je sentis une sueur froide qui perlait sur mon front.

— Oui, dit Gabriel en me regardant, oui, je comprends ce qui se passe en vous : vous me méprisez, vous me trouvez lâche, vous vous dites que mieux vaut cent fois mourir que traîner à perpétuité, quand on a vingt-six ans surtout, un boulet infâme. Mais que voulez-vous ? depuis que cet arrêt a été rendu, je n'ai pas dormi une heure ; regardez mes cheveux… il y en a la moitié qui ont blanchi. Oui, j'ai peur de la mort, sauvez-moi de la mort, c'est tout ce que je demande ; ils feront ensuite tout ce qu'ils voudront de moi.

— Je tâcherai, répondis-je.

— Ah ! docteur, docteur, s'écria le malheureux en saisissant ma main et en appuyant ses lèvres sur elle avant que j'eusse eu le temps de la retirer ; docteur, je le savais bien que mon seul, mon unique, mon dernier espoir était en vous.

— Monsieur ! repris-je, honteux de ces humbles démonstrations.

— Et maintenant, dit-il, ne perdez pas une minute, allez, allez ; si par hasard quelque obstacle s'opposait à ce que vous vissiez le roi, insistez, au nom du ciel ! Songez que ma vie est attachée à vos paroles ; songez qu'il est neuf heures du soir, et que c'est demain à six heures du matin. Neuf heures à vivre, mon Dieu ! Si vous ne me sauvez pas, je n'ai plus que neuf heures à vivre.

— À onze heures, je serai aux Tuileries.

— Et pourquoi à onze heures, pourquoi pas tout de suite ? vous perdez deux heures, ce me semble.

— Parce que c'est à onze heures que le roi se retire ordinairement pour travailler, et que, jusqu'à cette heure, il demeure au salon de réception.

— Oui, et ils sont là une centaine de personnes qui causent, qui rient, qui sont sûres du lendemain, sans songer qu'il y a un homme, un de leurs semblables, qui sue son agonie dans un cachot, à la lueur de cette lampe, en face de ces murs, couverts de noms de gens qui ont vécu comme il vit en ce moment, et qui le lendemain étaient morts. Ils ne savent pas tout cela, eux, dites-leur que c'est ainsi et qu'ils aient pitié de moi.

— Je ferai ce que je pourrai, monsieur, soyez tranquille.

— Puis, si le roi hésitait, adressez-vous à la reine : c'est une sainte femme, elle doit être contre la peine de mort ! Adressez-vous au duc d'Orléans[1], tout le

---

1. Fils aîné de Louis-Philippe, grand ami de Dumas, il meurt tragiquement, sans avoir régné, dans un accident de voiture en 1842.

monde parle de son bon cœur. Il disait un jour, à ce qu'on m'a assuré, que s'il montait jamais sur le trône, il n'y aurait pas une seule exécution sous son règne. Si vous vous adressiez à lui au lieu de vous adresser au roi ?

— Rassurez-vous, je ferai ce qu'il faudra faire.

— Mais espérez-vous quelque chose, au moins ?

— La clémence du roi est grande, j'espère en elle.

— Dieu vous entende ! s'écria-t-il en joignant les mains. Oh ! mon Dieu ! mon Dieu ! touchez le cœur de celui qui d'un mot peut me tuer ou me faire grâce.

— Adieu, monsieur.

— Adieu ? que dites-vous là ? Ne reviendrez-vous point ?

— Je reviendrai si j'ai réussi.

— Oh ! dans l'un ou l'autre cas, que je vous revoie ! Mon Dieu ! que deviendrais-je si je ne vous revoyais pas ? Jusqu'au pied de l'*échafaud* je vous attendrais, et quel supplice qu'un pareil doute ! Revenez, je vous en supplie, revenez.

— Je reviendrai.

— Ah, bien ! dit le condamné, que ses forces semblèrent abandonner du moment où il eut obtenu de moi cette promesse ; bien, je vous attends !

Et il se laissa retomber lourdement sur sa chaise.

Je m'avançai vers la porte.

— À propos, s'écria-t-il, envoyez-moi mon père, je ne veux pas rester seul ; la solitude, c'est le commencement de la mort.

— Je vais faire ce que vous désirez.

— Attendez. À quelle heure croyez-vous être de retour ?

— Mais, je ne sais… cependant je crois que vers une heure du matin…

— Tenez, voilà neuf heures et demie qui sonnent ; c'est incroyable comme les heures passent vite, depuis deux jours surtout ! Ainsi, dans trois heures, n'est-ce pas ?

— Oui.

— Allez, allez, allez ; je voudrais à la fois vous garder et vous voir partir. Au revoir, docteur, au revoir. Envoyez-moi mon père, je vous prie.

La recommandation était inutile : le pauvre vieillard ne m'eut pas plus tôt vu apparaître à la porte qu'il se leva.

Le guichetier qui me faisait sortir le fit entrer, et la porte se referma sur lui.

Je remontai, le cœur serré. Je n'avais jamais vu si hideux spectacle, et certes, cependant, la mort nous est familière, à nous autres médecins, et il y a peu d'aspects sous lesquels elle ne nous soit connue ; mais jamais je n'avais vu la vie lutter si lâchement contre elle.

Je sortis en prévenant le directeur que je reviendrais probablement dans le courant de la nuit.

Mon cabriolet m'attendait à la porte ; je revins chez moi et trouvai mes amis qui faisaient joyeusement une bouillotte[1], et je me rappelai ce que m'avait dit ce malheureux : « Il y a dans ce moment-ci des hommes qui rient, qui s'amusent, sans songer qu'il y a un de leurs semblables qui sue son agonie. »

J'étais si pâle qu'en m'apercevant ils jetèrent un cri de surprise et presque de terreur, et qu'ils me demandèrent tous ensemble s'il m'était arrivé quelque accident.

Je leur racontai ce qui venait de se passer, et, à la fin de mon récit, ils étaient presque aussi pâles que moi.

1. Jeu de cartes.

Puis, j'entrai dans mon cabinet de toilette et je m'habillai.

Lorsque je sortis, la bouillotte avait cessé.

Ils étaient debout et causaient : une grande discussion s'était engagée sur la peine de mort.

XVIII

Une veillée du roi

Il était dix heures et demie. Je voulus prendre congé d'eux, mais tous me répondirent qu'avec ma permission, ils resteraient chez moi à attendre l'issue de ma visite à Sa Majesté.

J'arrivai aux Tuileries. Il y avait cercle chez la reine[1].

La reine, les princesses et les dames d'honneur, assises autour d'une table ronde, travaillaient selon leur habitude à faire de la tapisserie destinée à des œuvres de bienfaisance.

On me dit que le roi s'était retiré dans son cabinet et travaillait.

Vingt fois il m'était arrivé de pénétrer avec Sa Majesté dans ce sanctuaire. Je n'eus donc pas besoin de me faire conduire : je connaissais le chemin.

Dans la chambre attenante, travaillait un des secrétaires particuliers du roi, nommé L…[2]. C'était un de

---

1. Après cette phrase, le manuscrit porte : « Laisser du blanc, 7 ou 8 lignes. Je veux mettre quelques détails sur les habitudes du Château. » Cet ajout se limite en fait aux quatre lignes suivantes.
2. Hippolyte Lassagne, secrétaire du duc d'Orléans qui devient en 1830 le roi Louis-Philippe. Ami et collaborateur de Dumas.

mes amis, et de plus un de ces hommes sur le cœur duquel on peut toujours compter.

Je lui dis quelle cause m'amenait, et le priai de prévenir Sa Majesté que j'étais là et que je sollicitais la faveur d'être admis près d'elle.

L… ouvrit la porte, un instant après j'entendis le roi qui répondait :

— Fabien, le docteur Fabien ? eh bien ! mais qu'il entre.

Je profitai de la permission, sans même attendre le retour de mon introducteur. Le roi s'aperçut de mon empressement.

— Ah ! ah ! dit-il, docteur, il paraît que vous écoutez aux portes ; venez, venez.

J'étais fortement ému.

Jamais je n'avais vu le roi dans une circonstance pareille, un mot de lui allait décider de la vie d'un homme.

La majesté royale m'apparaissait dans toute sa splendeur, son pouvoir en ce moment participait du pouvoir de Dieu.

Il y avait alors sur le visage du roi une telle expression de sécurité, que je repris confiance.

— Sire, lui dis-je, je demande mille fois pardon à Votre Majesté de me présenter ainsi devant elle sans qu'elle m'ait fait l'honneur de m'appeler ; mais il s'agit d'une bonne et sainte action, et j'espère qu'en faveur du motif, Votre Majesté me pardonnera.

— En ce cas, vous êtes deux fois le bienvenu, docteur ; parlez vite. Le métier de roi devient si mauvais par le temps qui court, qu'il ne faut pas laisser échapper l'occasion de l'améliorer un peu. Que désirez-vous ?

— J'ai souvent eu l'honneur de débattre avec Votre Majesté cette grave question de la peine de mort, et je sais quelles sont sur ce sujet les opinions de Votre Majesté ; je viens donc à elle avec toute confiance.

— Ah ! ah ! je me doute de ce qui vous amène.

— Un malheureux, coupable d'avoir fabriqué de faux billets de banque, a été condamné à mort par les dernières assises ; avant-hier, son pourvoi en cassation a été rejeté, et cet homme doit être exécuté demain.

— Je sais cela, dit le roi, et j'ai quitté le cercle pour venir examiner moi-même toute cette procédure.

— Comment, vous-même, sire ?

— Mon cher monsieur Fabien, continua le roi, sachez bien une chose, c'est qu'il ne tombe pas une tête en France que je n'aie acquis par moi-même la certitude que le condamné était bien véritablement coupable. Chaque nuit qui précède une exécution est pour moi une nuit de profondes études et de réflexions solennelles. J'examine le dossier depuis sa première jusqu'à sa dernière ligne, je suis l'acte d'accusation dans tous ses détails. Je pèse les dépositions à charge et à décharge, loin de toute impression étrangère, seul avec la nuit et la solitude, je m'établis en juge des juges. Si ma conviction est la leur, que voulez-vous ? le crime et la loi sont là en face l'un de l'autre, il faut laisser faire la loi ; si je doute, alors je me souviens du droit que Dieu m'a donné, et, sans faire grâce, je conserve au moins la vie. Si mes prédécesseurs eussent fait comme moi, docteur, peut-être eussent-ils eu, au moment où Dieu les a condamnés à leur tour, quelques remords de moins sur la conscience, et quelques regrets de plus sur leur tombeau.

Je laissais parler le roi, et je regardais, je l'avoue, avec une vénération profonde cet homme tout-puissant, qui, tandis qu'on riait et qu'on plaisantait à vingt pas de lui, se retirait seul et grave, et venait incliner son front sur une longue et fatigante procédure pour y chercher la vérité. Ainsi, aux deux extrémités de la société, deux hommes veillaient, occupés d'une même pensée :

le condamné, c'est que le roi pouvait lui faire grâce ; – le roi, c'est qu'il pouvait faire grâce au condamné.

— Eh bien ! sire, lui dis-je avec inquiétude, quelle est votre opinion sur ce malheureux ?

— Qu'il est bien véritablement coupable ; d'ailleurs il n'a pas nié un seul instant ; mais aussi que la loi est trop sévère.

— Ainsi, j'ai donc l'espoir d'obtenir la grâce que je venais demander à Votre Majesté ?

— Je voudrais vous laisser croire, monsieur Fabien, que je fais quelque chose pour vous ; mais je ne veux pas mentir : quand vous êtes entré, ma résolution était déjà prise.

— Alors, dis-je, Votre Majesté fait grâce ?

— Cela s'appelle-t-il faire grâce ? dit le roi.

Il prit le pourvoi déployé devant lui, et écrivit en marge ces deux lignes :

> *« Je commue la peine de mort en celle des travaux forcés à perpétuité.* »

Et il signa.

— Oh ! dis-je, cela serait, sire, pour un autre, une condamnation plus cruelle que la peine de mort ; mais pour celui-là, c'est une grâce, je vous en réponds… et une véritable grâce. Votre Majesté me permet-elle de la lui annoncer ?

— Allez, monsieur Fabien, allez, dit le roi.

Puis, appelant L… :

— Faites porter ces pièces chez monsieur le garde des Sceaux, dit-il, et qu'elles lui soient remises à l'instant même ; c'est une commutation de peine.

Et me saluant de la main, il ouvrit un autre dossier.

Je quittai aussitôt les Tuileries par l'escalier particulier qui conduit du cabinet du roi à l'entrée principale ; je retrouvai mon cabriolet dans la cour, je m'y élançai et je partis.

Minuit sonnait comme j'arrivais à Bicêtre.

Le directeur faisait toujours sa partie de piquet.

Je vis que je le contrarierais beaucoup en le dérangeant.

— C'est moi, lui dis-je ; vous avez permis que je revinsse près du condamné, j'use de la permission.

— Faites, dit-il. François, conduisez monsieur.

Puis, se tournant vers son *partner*[1] avec un sourire de profonde satisfaction :

— Quatorze de dames et sept piques sont-ils bons ? dit-il.

— Parbleu ! répondit le *partner* d'un air on ne peut plus contrarié ; je le crois bien, je n'ai que cinq carreaux.

Je n'en entendis pas davantage.

Il est incroyable combien une même heure, et souvent un même lieu réunissent de préoccupations différentes.

Je descendis l'escalier aussi vivement que possible.

— C'est moi ! criai-je de l'autre côté de la porte, c'est moi !

Un cri répondit au mien.

La porte s'ouvrit.

Gabriel Lambert s'était élancé de son siège.

Il était debout au milieu de son cachot, pâle, les cheveux hérissés, les yeux fixes, les lèvres tremblantes, n'osant risquer une interrogation.

— Eh… bien ? murmura-t-il.

— J'ai vu le roi ; il vous fait grâce de la vie.

Gabriel jeta un second cri, étendit les bras comme pour chercher un appui, et tomba évanoui près de son père, qui s'était levé à son tour, et qui n'étendit même pas les bras pour le soutenir.

---

1. Anglicisme courant pour « partenaire ».

Je me penchai pour secourir ce malheureux.

— Un instant ! dit le vieillard en m'arrêtant ; mais à quelle condition ?

— Comment ! comment ! à quelle condition ?

— Oui, vous avez dit que le roi lui faisait grâce de la vie ; à quelle condition lui fait-il cette grâce ?

Je cherchais un biais.

— Ne mentez pas, monsieur, dit le vieillard ; à quelle condition ?

— La peine est commuée en celle des travaux forcés à perpétuité.

— C'est bien ! dit le père ; je me doutais que c'était pour cela qu'il voulait vous parler seul, l'infâme.

Et, se redressant de toute sa hauteur, il alla d'un pas ferme prendre son bâton, qui était dans un coin.

— Que faites-vous ? lui demandai-je.

— Il n'a plus besoin de moi, dit-il. J'étais venu pour le voir mourir, et non pour le voir marquer[1]. L'échafaud le purifiait, le lâche a préféré le bagne. J'apportais ma bénédiction au guillotiné, je donne ma malédiction au forçat.

— Mais, monsieur, repris-je.

— Laissez-moi passer, dit le vieillard en étendant le bras vers moi avec un air de si suprême dignité que je m'écartai sans essayer de le retenir davantage par une seule parole.

Il s'éloigna d'un pas grave et lent, et disparut dans le corridor, sans retourner la tête pour voir une seule fois son fils.

Il est vrai que lorsque Gabriel Lambert revint à lui, il ne demanda pas même où était son père.

Je quittai ce malheureux avec le plus profond dégoût qu'un homme m'ait jamais inspiré.

---

1. Le marquage au fer rouge était en fait aboli depuis 1832.

Je lus le lendemain, dans *Le Moniteur*[1], la commutation de peine.

Puis je n'entendis plus parler de rien, et j'ignore vers quel bagne il a été acheminé.

Là se terminait la narration de Fabien.

1. Fondé par le libraire Charles Joseph Panckoucke sous la Révolution, il devient le journal officiel de l'Empire puis des régimes ultérieurs (Restauration, monarchie de Juillet, Second Empire, début de la IIIe République).

XIX

Le pendu

En revenant, vers la fin du mois de juin 1841, de l'un de mes voyages d'Italie, je trouvai, comme d'habitude, une masse de lettres qui m'attendaient.

En général, et pour l'édification de ceux qui m'écrivent, j'avouerai qu'en pareil cas le dépouillement est bientôt fait.

Les lettres dont je reconnais l'écriture pour venir d'une main amie sont mises à part et lues ; les autres sont impitoyablement jetées au feu.

Cependant une de ces lettres, timbrée de Toulon, et dont l'écriture ne me rappelait aucun souvenir, obtint grâce, m'ayant frappé par sa singulière suscription.

Cette suscription était ainsi conçue :

« Monsieur Alexandre Dumas, hoteur drammatique an Europe, voire an passan à l'hôtel de Paris syl n'y serait pas. »

Je décachetai la lettre et cherchai le nom du flatteur qui me l'avait écrite. Elle était signée *Rossignol*. Au premier abord le nom me resta aussi inconnu que l'écriture.

Mais en rapprochant ce nom du timbre, je commençai à voir clair dans mes souvenirs ; les premiers mots, au reste, fixèrent tous mes doutes.

Elle venait de l'un des douze forçats qui avaient été à mon service lorsque j'habitais ma petite bastide du fort Lamalgue. Comme cette lettre a non seulement rapport à l'histoire que je viens de raconter, mais encore en est le complément, je la mettrai purement et simplement sous les yeux du lecteur, en lui faisant grâce des fautes d'orthographe, dont il a vu un échantillon dans l'adresse, et qui en dépareraient le style.

« Monsieur Dumas,

Pardonnez à un homme que ses malheurs ont momentanément séparé de la société (je suis ici à temps[1], comme vous savez) l'audace qu'il prend de vous écrire ; mais son intention lui servira d'excuse près de vous, je l'espère, attendu que ce qu'il fait en ce moment, il le fait dans l'espérance de vous être agréable.

(Comme on le voit, la préface était encourageante, aussi je continuai.)

Il n'est pas que[2] vous ne vous rappeliez Gabriel Lambert, celui qu'on appelait le docteur, vous savez bien ; le même qui n'a pas voulu aller chercher au cabaret du fort Lamalgue le fameux déjeuner que vous avez eu la bonté de nous offrir.

L'imbécile !

Vous devez vous le rappeler, car vous l'aviez reconnu pour l'avoir vu autrefois dans le beau monde, et lui aussi vous avait reconnu, que vous en étiez si fort préoccupé que vous en avez écrasé de questions ce pauvre père Chiverny, le garde-chiourme, qui,

---

1. Pour un temps déterminé (et non pas à vie). 2. Il n'est pas possible que… ne…

avec son air méchant, est un brave homme tout de même.

Eh bien, donc ! voilà ce que j'avais à vous dire sur Gabriel Lambert ; écoutez bien.

Depuis son arrivée à l'établissement, Gabriel Lambert avait pour camarade de chaîne un bon garçon, nommé Acacia, qui était chez nous pour une fadaise.

Dans une dispute qu'il avait eue avec des camarades, il avait donné, sans le faire exprès, en gesticulant, un coup de couteau à son meilleur ami, ce qui lui en a fait pour dix ans, attendu que son meilleur ami en était mort, ce dont le pauvre Accacia n'a jamais pu se consoler.

Mais les juges avaient pris en considération son innocence, et, comme je vous l'ai dit, quoique son imprudence eût causé la mort d'un homme, ils lui avaient donné un bonnet rouge[1] seulement.

Quatre ans après votre passage à Toulon, c'est-à-dire en 1838, Acacia nous fit donc un beau matin ses adieux.

Justement, la veille, mon camarade de chaîne avait *claqué*.

Il résulta de ce double événement de départ et de mort que, Gabriel et moi nous trouvant seuls, on nous accoupla ensemble.

Si vous vous en souvenez, Gabriel n'avait pas l'abord gracieux. La nouvelle que j'allais être rivé à lui ne me fut donc agréable que tout juste, comme on dit.

Cependant je réfléchis que je n'étais pas à Toulon pour y avoir toutes mes aises, et, comme je suis philosophe, j'en pris mon parti.

---

1. Réservé aux condamnés à temps, par opposition au bonnet vert, réservé aux condamnés à perpétuité.

Le premier jour il ne m'ouvrit pas la bouche, ce qui ne laissa pas de m'ennuyer fort, attendu que je suis causeur de mon naturel : cela m'inquiétait d'autant plus, qu'Acacia m'avait déjà plus d'une fois parlé de l'infirmité qu'il avait d'être accouplé à un muet.

Je pensai que moi qui y suis pour vingt ans, et qui, par conséquent, avais encore dix ans à faire – mon jugement, jugement bien injuste, allez, et que j'aurais bien certainement fait casser si j'avais eu des protections, étant du 24 octobre 1828 –, j'allais passer dix années peu récréatives.

Je m'ingéniai donc pendant la nuit sur ce que je devais faire, et me rappelant le moyen qu'avait employé le renard pour faire parler le corbeau :

— Monsieur Gabriel, lui dis-je quand le jour fut venu, me permettez-vous de m'informer ce matin de l'état de votre santé ?

Il me regarda avec étonnement, ne sachant pas si je parlais sérieusement ou si je me moquais de lui. Je conservai la plus grande gravité.

— Comment, de ma santé ? répondit-il.

C'était, comme vous le voyez, déjà quelque chose. Je lui avais fait desserrer les dents.

— Oui, de l'état de votre santé, repris-je ; vous m'avez paru passer une mauvaise nuit.

Il poussa un soupir.

— Oui, mauvaise, reprit-il, mais c'est comme cela que je les passe toutes.

— Diable ! repris-je.

Sans doute il se trompa au sens de mon exclamation, car, après un instant de silence, il reprit :

— Cependant, rassurez-vous, quand je ne dormirai point, je tâcherai de me tenir tranquille et de ne point vous réveiller.

— Oh ! ne vous donnez pas tant de peine pour moi, monsieur Lambert, repris-je ; je suis si honoré d'être votre camarade de chaîne, que je passerai volontiers par-dessus quelques petits inconvénients.

Gabriel me regarda avec un nouvel étonnement.

Ce n'était point ainsi que s'y était pris Acacia pour le faire parler : il l'avait battu jusqu'à ce qu'il parlât ; mais quoiqu'il fût arrivé à un résultat, ce résultat n'avait jamais été bien satisfaisant, et il y avait toujours eu du froid entre eux.

— Pourquoi me parlez-vous ainsi, mon ami ? me demanda Gabriel Lambert.

— Parce que je sais à qui je parle, monsieur, et que je ne suis point un goujat, je vous prie de le croire.

Gabriel me regarda de nouveau d'un air défiant ; mais je lui souris avec tant d'amabilité qu'une partie de ses doutes parut s'évanouir.

L'heure du déjeuner arriva. On nous servit, comme d'habitude, notre gamelle pour deux ; mais au lieu de plonger à l'instant même ma cuillère dans la soupe, j'attendis respectueusement qu'il eût fini pour commencer. Cette dernière attention le toucha au point qu'il me laissa non seulement la plus grosse part, mais encore les meilleurs morceaux.

Je vis qu'il y avait tout à gagner dans ce monde à être poli.

Bref, au bout de huit jours, à part un certain air de supériorité qui ne le quitta jamais, nous étions les meilleurs amis du monde.

Malheureusement, je n'avais pas beaucoup gagné à faire parler mon compagnon ; sa conversation était des plus mélancoliques, et il fallait véritablement toute la gaieté naturelle dont la Providence m'a doué pour que je ne me perdisse pas moi-même à une pareille école.

Je passai deux ans ainsi, pendant lesquels il alla toujours s'assombrissant.

De temps en temps je m'apercevais qu'il voulait me faire une confidence.

Je le regardais alors de l'air le plus ouvert que je pouvais prendre, afin de l'encourager ; mais sa bouche, à moitié ouverte, se refermait, et je voyais que la chose était encore remise à un autre jour.

Je cherchais quelle sorte de confidence cela pouvait être, et c'était toujours une occupation qui me distrayait un peu, lorsqu'une fois que nous marchions côte à côte d'une voiture chargée de vieux canons qu'on enlevait pour la refonte et qui pesait bien dix milliers[1], je le vis s'approcher d'elle et regarder la roue d'une certaine façon qui voulait dire : "Si je n'étais pas un poltron, je mettrais ma tête là-dessous et tout serait dit."

De ce moment je fus fixé. Le suicide est chose commune au bagne.

Aussi, un jour que nous travaillions sur le port, et que, profitant de son isolement, je le vis me regarder de sa façon accoutumée, je résolus d'en finir cette fois-là avec ses scrupules. Il faut vous dire qu'au bout du compte il était assommant, et que je commençais à en avoir par-dessus les oreilles ; de sorte que je n'aurais pas été fâché de m'en trouver débarrassé d'une façon ou de l'autre.

— Eh bien ! lui dis-je, voyons, qu'avez-vous à me regarder ainsi ?

— Moi ? rien, me répondit-il.

— Si fait, lui dis-je.

— Tu te trompes.

---

1. « Mille ». Le millier est une ancienne mesure de poids qui pèse 1 000 livres.

— Je me trompe si peu que, si vous le voulez, je vous le dirai, moi, ce que vous avez.

— Toi ?

— Oui, moi.

— Eh bien ! dis !

— Vous avez que vous voudriez bien vous détruire, seulement vous avez peur de vous faire du mal.

Il devint blanc comme linge.

— Et qui a pu te dire cela ?

— Je l'ai deviné.

— Eh bien ! oui, Rossignol, tu as raison, et c'est la vérité ; je voudrais me tuer, mais j'ai peur.

— Allons donc, nous y voilà. Ça vous ennuie donc, le bagne ?

— J'ai regretté vingt fois de ne pas avoir été guillotiné.

— Chacun son goût. Moi, j'avoue que, quoique les jours qu'on passe ici ne soient pas filés d'or et de soie, j'aime encore mieux cela que Clamart[1].

— Oui, mais toi !

— Je comprends, vous vous trouvez déplacé, vous. C'est juste : quand on a eu cent mille livres de rentes ou à peu près, quand on a roulé dans de beaux équipages, qu'on s'est habillé de drap fin et qu'on a fumé des cigares à quatre sous, c'est vexant de traîner la chaîne, d'être vêtu de rouge et de chiquer du caporal ; mais, que voulez-vous ? faut être philosophe dans ce monde-ci, quand on n'a pas le courage de se signer à soi-même son passeport pour l'autre.

---

1. Cimetière des condamnés à mort, situé, malgré son nom, non à Clamart, mais dans le quartier des Gobelins. Certains corps étaient rassemblés dans un amphithéâtre puis livrés aux étudiants en médecine.

Gabriel poussa un soupir qui ressemblait à un gémissement.

— N'as-tu donc jamais eu l'envie de te tuer, toi ? me demanda-t-il.

— Ma foi ! non.

— Alors, tu n'as jamais songé, parmi les différents genres de mort, à celle qui devait être la moins douloureuse ?

— Dame ! il y a toujours un moment qui doit être dur à passer ; cependant on dit que la pendaison a ses charmes.

— Tu crois ?

— Sans doute que je le crois ; on dit même que c'est pour ça qu'on a inventé la guillotine. Un pendu, dont la corde avait cassé, en avait raconté, à ce qu'il paraît, des choses si agréables, que les condamnés avaient fini par aller à la potence comme s'ils allaient à la noce.

— Vraiment ?

— Vous comprenez que je n'en ai pas essayé, moi ; mais enfin, ici, c'est une tradition.

— De sorte que, si tu avais résolu de te tuer, tu te pendrais ?

— Certainement.

Il ouvrit la bouche, je crois que c'était pour me demander de nous pendre ensemble ; mais, sans doute, il vit sur mon visage que je n'étais pas disposé à cette partie de plaisir, car il garda un instant le silence.

— Eh bien ! lui dis-je, êtes-vous décidé ?

— Pas encore tout à fait, car il me reste un espoir.

— Lequel ?

— C'est que je trouverai un de nos camarades qui, moyennant que je lui laisserai tout ce que j'ai et une lettre constatant que je me suis détruit moi-même, consentira à me tuer.

En même temps il me regardait comme pour me demander si cette proposition ne m'allait pas.

Je secouai la tête.

— Oh non ! lui dis-je, je ne donne pas là-dedans, moi, et le raisiné[1] me fait peur ; il fallait demander cela à Acacia ; c'était pour un coup dans le genre de celui-là qu'il était ici, et, peut-être qu'en prenant bien toutes ses précautions, il eût accepté ; mais, avec moi, cela est impossible.

— Au moins une fois que je serai bien décidé à me tuer, tu m'aideras dans mon projet ?

— C'est-à-dire que je ne vous empêcherai pas de l'accomplir, voilà tout. Diable ! je ne suis qu'à temps, moi, et je ne veux pas me compromettre.

Nous en restâmes là de la conversation.

Près de six mois s'écoulèrent encore, pendant lesquels il ne fut plus un instant question de rien entre nous.

Cependant je voyais Gabriel de plus en plus triste, et je me doutais qu'il essayait de se familiariser avec son projet.

Quant à moi, comme ses réflexions ne m'égayaient pas le moins du monde, j'avais hâte, je l'avoue, qu'il prît un parti.

Enfin, un matin, après une nuit passée tout entière à se tourner et à se retourner, il se leva plus pâle encore que d'habitude ; et comme il ne touchait pas à son déjeuner, et que je lui demandais s'il était malade :

— Ce sera pour aujourd'hui, me dit-il.

— Ah ! ah ! lui répondis-je, décidément ?

1. Le sang.

— Sans remise.

— Et vous avez pris toutes vos précautions ?

— N'as-tu pas vu qu'hier j'ai écrit un billet à la cantine ?

— Oui, mais je n'ai pas eu l'indiscrétion de regarder.

— Le voilà.

Il me donna un petit papier plié. Je l'ouvris, et je lus :

“La vie du bagne m'étant devenue insupportable, je suis décidé à me pendre demain, 5 juin 1841.

Gabriel LAMBERT.”

— Eh bien ! me dit-il, comme satisfait de la preuve de courage qu'il me donnait, tu vois bien que ma décision est prise, et que mon écriture n'est pas tremblée.

— Oui, je vois bien cela, répondis-je ; mais avec ce billet-là vous m'en donnez au moins pour un mois de cachot.

— Pourquoi ?

— Parce que rien ne dit que je ne vous ai pas aidé dans votre projet, et que je ne vous laisserai vous pendre, je vous en préviens, qu'à la condition qu'il ne me reviendra point de mal, à moi.

— Comment faire, alors ? me dit-il.

— Écrire un autre billet autrement conçu, d'abord.

— Conçu en quels termes ?

— Dans ceux-ci, à peu près, tenez :

“Aujourd'hui, 5 juin 1841, pendant l'heure de repos que l'on nous accorde, tandis que mon camarade Rossignol dormira, je compte exécuter la résolution que j'ai prise depuis longtemps de me suicider, la vie du bagne m'étant devenue insupportable.

J'écris cette lettre afin que Rossignol ne soit aucunement inquiété.

Gabriel LAMBERT."

Gabriel approuva la rédaction, écrivit la lettre, et la mit dans sa poche.

Le même jour, en effet, et comme midi venait de sonner, Gabriel, qui ne m'avait pas dit un mot depuis le matin, me demanda si je connaissais un endroit propre à mettre à exécution le projet qu'il avait arrêté. Je vis bien qu'il barguignait, et que ça ne serait pas encore pour tout de suite si je ne l'aidais pas.

— J'ai votre affaire, lui dis-je en faisant un signe de la tête. Après cela, si vous n'êtes pas encore bien décidé, remettez la chose à un autre jour.

— Non, dit-il en faisant un violent effort sur lui-même ; non, j'ai dit que ce serait pour aujourd'hui ; ce sera pour aujourd'hui.

— Le fait est, répondis-je négligemment, que lorsqu'on a pris ce parti-là, plus tôt on l'exécute, mieux cela vaut.

— Conduis-moi donc, dit Gabriel.

Nous nous mîmes en route ; il se faisait traîner ; mais je n'avais pas l'air d'y faire attention.

Plus nous approchions de l'endroit, qu'il connaissait aussi bien que moi, plus il faisait le clampin[1]. Je n'avais l'air de rien voir, je marchais toujours.

— Oui, c'est bien là, murmura-t-il quand nous fûmes arrivés.

Preuve qu'il avait vu, comme moi, que l'endroit était bien gentil pour la chose.

1. Traînait.

En effet, près d'une de ces grandes piles de planches carrées que vous connaissez, poussait un mûrier magnifique.

Je pouvais avoir l'air de dormir à l'ombre de la pile de bois, et lui, pendant ce temps, pouvait se pendre au mûrier.

— Eh bien ! lui dis-je, que pensez-vous de l'endroit ?

Il était pâle comme la mort.

— Allons, repris-je, je vois bien que ça ne sera pas encore pour aujourd'hui.

— Tu te trompes, répondit-il ; ma résolution est prise ; seulement il me manque une corde.

— Comment, lui dis-je, vous ne connaissez pas l'endroit ?

— Quel endroit ?

— L'endroit où vous avez caché ce bout de fil de caret[1] que vous aviez mis dans votre poche, un jour que nous traversions la corderie.

— En effet, dit-il en balbutiant, je crois que c'est ici que je l'avais déposé.

— Tenez, là, lui dis-je en lui montrant du doigt l'endroit de la pile de bois où je lui avais vu, quinze jours auparavant, fourrer l'objet demandé.

Il s'inclina, introduisit sa main dans une des ouvertures.

— Dans l'autre, lui dis-je ; dans l'autre.

En effet, il fouilla dans l'autre, et en tira une jolie petite corde de trois brasses de long.

— Sacristi ! lui dis-je, voilà qui ferait venir l'eau à la bouche.

— Maintenant, que faut-il que je fasse ? me demanda-t-il.

1. Gros fil de chanvre servant à faire des cordages.

— Priez-moi tout de suite de vous préparer la chose, ce sera plus tôt fait.

— Eh bien ! oui, dit-il, tu me ferais plaisir.

— Je vous ferais plaisir, en vérité ?

— Oui.

— Vous m'en priez ?

— Je t'en prie.

— Allons, je n'ai rien à refuser à un camarade.

Je fis à la cordelette un joli petit nœud coulant, je l'attachai à une des branches les plus fortes et les plus élevées, et j'approchai du tronc du mûrier une bûche que je mis debout, et qu'il n'avait plus qu'à pousser du pied pour mettre deux pieds de vide entre lui et la terre.

C'était certes plus qu'il n'en fallait à un honnête homme pour se pendre.

Pendant tout ce temps, lui me regardait faire.

Il n'était plus pâle ; il était couleur de cendre.

Quand ce fut achevé :

— Voilà, lui dis-je, la grosse ouvrage[1] est faite ; maintenant, avec un brin de résolution, ce sera fini en une seconde.

— Cela est bien aisé à dire, murmura-t-il.

— Après ça, repris-je, vous savez bien que ce n'est pas moi qui vous y pousse ; au contraire, j'ai fait tout ce que j'ai pu pour vous en empêcher.

— Oui… mais moi je le veux, dit-il en montant résolument sur sa bûche.

— Eh bien ! mais attendez donc, attendez donc que je me couche, moi.

— Couche-toi, me dit-il.

Je me couchai.

— Adieu, Rossignol, me dit-il.

1. Peut s'employer au féminin dans le langage populaire.

Et il passa la tête dans le nœud coulant.

— Eh bien ! ôtez donc votre cravate, lui dis-je ; vous allez vous pendre avec votre cravate. Eh bien ! bon, ça sera du nouveau.

— C'est vrai, murmura-t-il.

Et il ôta sa cravate.

— Adieu, Rossignol, reprit-il une seconde fois.

— Adieu, monsieur Lambert, bien du courage ; je vais fermer les yeux pour ne pas voir cela.

En effet, c'est terrible à voir…

Dix secondes s'écoulèrent pendant que je fermais les yeux ; mais rien ne m'indiquait qu'il se passât quelque chose de nouveau.

Je les rouvris. Il avait toujours le cou passé dans le nœud coulant ; mais ce n'était déjà plus un homme pour la couleur, c'était un cadavre.

— Eh bien ! lui dis-je.

Il poussa un soupir.

— Le père Chiverny ! m'écriai-je en fermant les yeux et en faisant un mouvement qui, je crois, fit tomber la bûche.

— À l'aide ! au se…, essaya de s'écrier Lambert ; mais la voix s'éteignit, étranglée dans son gosier.

Je sentis des mouvements convulsifs qui faisaient trembler l'arbre, j'entendis quelque chose comme un râle…, puis au bout d'une minute tout s'éteignit.

Je n'osais pas bouger, je n'osais pas ouvrir les yeux, je faisais semblant de dormir ; j'avais vu le père Chiverny, vous savez bien, le garde-chiourme, venir de mon côté ; j'entendais le bruit des pas qui s'approchait ; enfin je sentis qu'on me donnait un violent coup de pied dans les reins.

— Eh ! qu'est-ce qu'il y a, les autres ? dis-je en me retournant et en faisant semblant de m'éveiller.

— Il y a que, pendant que tu dors, ton camarade s'est pendu.

— Quel camarade ? Tiens, c'est vrai ! fis-je, comme si j'ignorais complètement tout ce qui s'était passé.

Avez-vous jamais vu un pendu, monsieur Dumas ? c'est fort laid. Gabriel surtout était affreux. Il faut croire qu'il s'était fort débattu car il était tout défiguré, les yeux lui sortaient de la tête, la langue lui sortait de la bouche, et il se tenait cramponné de ses deux mains à la corde, comme s'il eût essayé de remonter.

Il paraît que ma figure exprima un tel étonnement, que l'on crut à mon ignorance de la chose.

D'ailleurs on fouilla dans la poche de Gabriel, et on y trouva le petit papier qui me déchargeait entièrement.

On dépendit le cadavre, on le mit sur une civière, et on nous ramena l'un et l'autre à l'infirmerie.

Puis, on alla prévenir l'inspecteur. Pendant ce temps, je restai près du corps de mon compagnon, auquel j'étais enchaîné.

Au bout d'un quart d'heure, l'inspecteur entra ; il examina le cadavre, écouta le rapport du père Chiverny, et m'interrogea.

Puis, recueillant toute sa sagesse pour porter un jugement :

— L'un au cimetière, l'autre au cachot.

— Mais, mon inspecteur, m'écriai-je.

— Pour quinze jours, dit-il.

Je me tus.

J'avais peur de faire doubler la peine, ce qui arrive ordinairement quand on réclame.

On me dériva et l'on me mit au cachot, où je restai quinze jours.

En sortant, on m'appareilla avec Perce-Oreille, un bon garçon que vous ne connaissez pas, et qui cause, au moins, celui-là.

Voilà, monsieur Dumas, les détails que j'avais bien respectueusement l'intention de vous donner, persuadé qu'ils devaient vous être agréables. Si j'ai réussi, écrivez, je vous prie, à notre bon docteur Lauvergne[1], de me donner, de votre part, une livre de tabac.

J'ai l'honneur d'être avec un très profond respect, monsieur,

Votre très humble et très obéissant serviteur,

Rossignol,
En résidence à Toulon. »

1. Voir n. 2, p. 31.

XX

Procès-verbal

Au mois d'octobre mil huit cent quarante-deux, je repassai à Toulon.

Je n'avais pas oublié l'étrange histoire de Gabriel Lambert, et j'étais curieux de savoir si les choses s'étaient passées comme mon correspondant Rossignol me les avait écrites.

J'allai faire une visite au commandant du port.

Malheureusement il avait été changé sans que j'en susse rien.

Son successeur ne m'en reçut pas moins à merveille, et comme dans la conversation il me demandait s'il pouvait m'être bon à quelque chose, je lui avouai que ma visite n'était pas tout à fait désintéressée, et que je désirais savoir ce qu'était devenu un forçat nommé Gabriel Lambert.

Il fit aussitôt appeler son secrétaire ; c'était un jeune homme qu'il avait amené avec lui, et qui n'était à Toulon que depuis un an.

— Mon cher monsieur Durand, lui dit-il, informez-vous si le condamné Gabriel Lambert est toujours ici ; puis revenez nous dire ce qu'il fait, et quelles sont les notes qui le concernent.

Le jeune homme sortit, et dix minutes après rentra avec un registre tout ouvert.

— Tenez, monsieur, me dit-il, si vous voulez prendre la peine de lire ces quelques lignes, vous serez parfaitement satisfait.

Je m'assis devant la table où il avait posé le registre, et je lus :

« Ce jourd'hui cinq juin mil huit cent quarante et un, moi, Laurent Chiverny, surveillant de première classe, faisant ma tournée dans le chantier, pendant l'heure de repos accordée aux condamnés à cause de la grande chaleur du jour, déclare avoir trouvé le nommé Gabriel Lambert, condamné aux travaux forcés à perpétuité, pendu à un mûrier, à l'ombre duquel dormait ou faisait semblant de dormir son compagnon de chaîne, André Toulman, surnommé Rossignol.

À cet aspect, mon premier soin fut de réveiller ce dernier, qui manifesta la plus grande surprise de cet événement, et affirma n'en être aucunement complice. En effet, après qu'on eut détaché le cadavre, on le fouilla, et l'on trouva dans sa poche un billet écrit de sa main et conçu en ces termes :

"Aujourd'hui, 5 juin 1841, pendant l'heure de repos que l'on nous accorde, tandis que mon camarade Rossignol dormira, je compte exécuter la résolution que j'ai prise depuis longtemps de me suicider, la vie du bagne m'étant devenue insupportable. J'écris cette lettre afin que Rossignol ne soit aucunement inquiété.

Gabriel Lambert."

Cependant, comme le condamné était connu pour son excessive lâcheté, et qu'il paraît difficile qu'il se fût pendu sans l'aide de son compagnon, auquel il était attaché par une chaîne de deux pieds et demi seulement, j'ai l'honneur de proposer à monsieur l'inspecteur d'envoyer, pour un mois, André Toulman, dit Rossignol, au cachot.

Laurent Chiverny,
Surveillant de première classe. »

Au-dessous étaient écrites, d'une autre écriture, et signées d'un simple paraphe, les deux lignes suivantes :

« Faire enterrer ce soir le nommé Gabriel Lambert, et envoyer, à l'instant même, et pour un mois, le nommé Rossignol au cachot.

V.B. »

Je pris copie de ce procès-verbal, et je le mets, sans y changer un mot, sous les yeux de mes lecteurs, qui y trouveront, avec la confirmation de ce que m'avait écrit Rossignol, le dénouement naturel et complet de l'histoire que je viens de leur raconter.

J'ajouterai seulement que j'admirai la perspicacité de l'honorable surveillant maître Laurent Chiverny, qui avait deviné qu'au moment[1] où l'on retrouva le cadavre de Gabriel Lambert, son compagnon, André Toulman, paraissait dormir, mais ne dormait pas.

1. Le manuscrit porte : « Ajoutons seulement que personnellement je suis entièrement de l'avis de l'honorable surveillant maître Laurent Chiverny, et que ma conviction est qu'au moment [...]. » (Le reste est identique.)

DOSSIER

La parution en revue

Gabriel Lambert paraît dans *La Chronique* du 15 mars au 1er mai 1844, en quatre livraisons. Cette revue, qui vient de passer au rythme bimensuel, présente, outre des pages romanesques, diverses chroniques – littéraire, théâtrale, musicale et mondaine. Dans un texte introductif ouvrant le numéro du 15 mars 1844, la revue met en avant les « plumes justement célèbres » qui offrent leur collaboration, mais prétend aussi permettre à de « jeunes écrivains, aussi distingués par le talent que par la conscience » de se faire un nom. Dumas, qui a déjà donné à *La Chronique* une biographie romancée du Titien (*Tiziano Vecellio*, décembre1843-janvier 1844), est évidemment à ranger dans la première catégorie, ainsi que Rabou, Houssaye, Soulié, Nerval et Berlioz, qui livre là quelques pages de ses futurs *Mémoires*. Chaque numéro comporte une soixantaine de pages.

Gabriel Lambert n'est pas un feuilleton. Depuis 1829, année de la fondation de *La Revue de Paris*, les revues s'ouvrent aux écrivains et leur permettent d'être publiés autrement qu'en librairie ; mais la plupart des textes qui utilisent ce canal ont déjà été rédigés intégralement. Le rythme de la revue, plus lent que celui du journal quotidien, autorise des livraisons beaucoup plus importantes : *Gabriel Lambert* paraît en quatre parties d'une trentaine de pages, les coupes adoptées dans *La Chronique* ne correspondant pas toujours au découpage des chapitres. Ce type de parution, beaucoup moins contraignant que le quotidien, n'oblige pas le romancier à une totale refonte de son mode d'écriture. Son influence peut jouer davantage sur le choix de la thématique abordée (importance de l'actualité, clin d'œil à d'autres rubriques…).

Le roman paraîtra ensuite dans des quotidiens – notamment, en 1865, dans *Le Petit Journal* –, ce qui lui assure une certaine survie, qui reste néanmoins limitée.

La parution en librairie

La parution en volumes de *Gabriel Lambert* chez l'éditeur Hippolyte Souverain est emblématique des rapports tendus qui se nouent entre la librairie et la presse[1]. Hippolyte Souverain a acheté à Dumas les droits du texte pour cinq ans, au prix de 2 700 francs, ce qui correspond au tarif d'un écrivain déjà reconnu. Il a revendu ensuite pour 1 600 francs ce roman à *La Chronique* et à la *Revue pittoresque*, qui obtiennent ainsi l'autorisation de le faire paraître en plusieurs livraisons avant la date prévue pour le lancement en volumes (juillet). *La Chronique* respecte ses engagements, mais pas la *Revue pittoresque*, qui fait paraître le roman en un seul numéro, au prix de 50 centimes, alors que Souverain prévoit une édition en deux volumes, au prix de 7,50 francs l'unité. C'est évidemment une catastrophe commerciale ; le livre ne se vend pas, malgré une baisse du prix (de 15 à 10 francs) et quelques annonces publicitaires dans les quotidiens : *Le Siècle* du 23 mai, *Le Constitutionnel* du 22 juin, *La Presse* du 27 juin. Notons que *La Presse* a également annoncé auparavant, le 8 juin, la parution du roman dans la *Revue pittoresque*.

Cette concurrence exacerbée met en lumière la

---

1. Tous les détails de cette affaire peuvent être consultés dans le numéro de *La Chronique* du 1er août 1844.

question du prix du livre, mais pose aussi le problème des choix de présentation typographique : des voix s'élèvent pour attaquer les méthodes de Souverain, grand utilisateur du blanc pour rallonger les volumes qu'il met en vente. Et de fait, la parution de *Gabriel Lambert* en deux volumes ne se justifie guère et ne peut se faire qu'au prix d'artifices visibles. Ajoutons qu'à cette époque, la contrefaçon belge propose à des prix bien inférieurs de nombreux textes édités de manière plus resserrée mais cependant très lisible. Le roman sera d'ailleurs immédiatement reproduit dans une édition belge (Lebègue et Sacré fils), en 166 pages seulement (l'édition Souverain en comptait 300). Tous ces éléments expliquent l'insuccès commercial de *Gabriel Lambert*, qui ne fera pas l'objet de rééditions ultérieures autonomes. Grâce aux éditions des œuvres complètes de Dumas (au *Siècle* en 1855 ; chez Michel Lévy en 1856 ; chez Calmann-Lévy en 1882, 1885, puis 1889), il est encore disponible pour un large public. Au XXe siècle, il disparaît presque totalement, avant de réapparaître sous le titre (apocryphe) *Le Bagnard de l'Opéra*, parfois dans des éditions parascolaires. D'où l'intérêt de cette réédition au Livre de Poche, qui redonne à ce texte son véritable titre et la place qu'il mérite.

Les sources

Source autobiographique

Dumas a visité en 1835 le bagne de Toulon, et raconte dans *Une année à Florence* (1840) l'épisode suivant :

> J'avais des lettres pour M. Lauvergne, jeune médecin du plus grand mérite, qui avait accompagné le duc de Joinville dans son excursion de Corse, d'Italie et de Sicile, et frère de Lauvergne, le peintre de marines, qui a fait deux ou trois fois le tour du monde. Comme nous comptions nous arrêter à Toulon, il nous offrit, au lieu de notre sombre appartement en ville, une petite bastide pleine d'air et de soleil qu'il avait au fort Lamalgue. L'offre était faite avec tant de franchise que nous acceptâmes à l'instant. Le soir même nous étions installés, de sorte que le lendemain, en nous éveillant et en ouvrant nos fenêtres, nous avions devant nous cette mer infinie qu'on a besoin de revoir de temps en temps une fois qu'on l'a vue, et dont on ne se lasse pas tant qu'on la voit.
>
> Toulon a peu de souvenirs. À part le siège qu'en fit le duc de Savoie, et la trahison qui le mit aux mains des Anglais et des Espagnols, en 1793, son nom se trouve rarement cité dans l'histoire : mais à cette dernière fois elle s'y trouve inscrite d'une manière ineffaçable : c'est de Toulon que date réellement la carrière militaire de Bonaparte.

Comme curiosités, Toulon n'a que son bagne et son port. Malgré le peu de sympathie qui m'attirait vers le premier de ces établissements, je ne lui en fis pas moins ma visite le second jour après mon arrivée. Malheureusement, le bagne de Toulon n'avait pour le moment aucune notabilité ; il venait, il y avait deux ou trois mois, d'envoyer ce qu'il possédait de mieux à Brest et à Rochefort.

Les trois premiers objets qui frappent la vue en entrant au bagne sont, d'abord un Cupidon appuyé sur une ancre, puis un crucifix, puis deux pièces de canon chargées à mitraille.

Le premier forçat que nous rencontrâmes vint droit à moi, et m'appela par mon nom en me demandant si je n'achetais pas quelque chose à sa petite boutique. Quelque désir que j'eusse de lui rendre sa politesse, je cherchais vainement à me rappeler la figure de cet homme ; il s'aperçut de mon embarras et se mit à rire.

— Monsieur cherche à me reconnaître ? me dit-il.

— Oui, je l'avoue, mais sans aucun succès.

— J'ai pourtant eu l'honneur de voir monsieur bien souvent.

La chose devenait de plus en plus flatteuse ; seulement je ne me rappelais pas avoir jamais fréquenté si bonne compagnie ; enfin il prit pitié de mon embarras.

— Je vois bien qu'il faut que je dise à monsieur où je l'ai vu, car monsieur ne se le rappellerait pas. J'ai vu monsieur chez mademoiselle Mars.

— Et que faisiez-vous chez mademoiselle Mars ?

— Je servais, monsieur, j'étais valet de chambre : c'est moi qui ai volé ses diamants.

— Ah ! Ah ! vous êtes Mulon, alors ?

Il me présenta une carte.

— Mulon, artiste forçat, pour vous servir.

— Mais, dites-moi, il me semble que vous êtes à merveille ici.

— Oui, monsieur, grâce à Dieu ! Je ne suis pas mal ; il est toujours bon de s'adresser aux personnes comme il faut. Quand on a su que c'était moi qui avais volé mademoiselle Mars, cela m'a valu une certaine distinction. Alors, monsieur, comme je me suis toujours bien conduit, on m'a dispensé des travaux durs ; d'ailleurs on a bien vu que je n'étais pas un voleur ordinaire ; j'ai été tenté : voilà tout. Monsieur sait le proverbe : l'occasion fait le larron.

— Pour combien de temps en avez-vous encore ?

— Pour deux ans, monsieur.

— Et que comptez-vous faire en sortant d'ici ?

— Je compte me mettre dans le commerce, monsieur ; j'ai fait ici un très bon apprentissage, et comme je sortirai, Dieu merci ! avec d'excellents certificats et une certaine somme provenant de mes économies, j'achèterai un petit fonds. En attendant, si monsieur veut voir ma petite boutique ?

— Volontiers.

Mulon marcha devant moi et me conduisit à une espèce de baraque en pierre, pleine de toutes sortes d'ouvrages en coco, en corail, en ivoire et en ambre, qui faisaient réellement de cet étalage un assortiment assez curieux de l'industrie du bagne.

— Mais, lui dis-je, ce n'est pas vous qui pouvez confectionner tout cela vous-même ?

— Oh ! non, monsieur, me répondit Mulon, je fais travailler. Comme ces malheureux savent que j'exploite en grand, ils m'apportent tout ce qu'ils font ; si ce n'est pas bien, je leur donne des avis, des conseils, je dirige leur goût ; puis je revends aux étrangers.

— Et vous gagnez cent pour cent sur eux, bien entendu ?

— Que voulez-vous, monsieur, je suis à la mode, il faut bien que j'en profite ; monsieur sait bien que n'a pas la vogue qui veut. Oh ! si je pouvais rester ici dix ans de plus seulement, je ne serais pas inquiet de ma fortune, je me retirerais avec de quoi vivre pour le reste de mes jours. Malheureusement, monsieur, je n'en ai eu que pour dix ans en tout, et dans deux ans il faudra que je sorte. Oh ! si j'avais su...

J'achetai quelques babioles à ce forçat optimiste, et continuai ma route, tout stupéfait de voir qu'il y avait des gens qui pouvaient regretter le bagne.

Je trouvai Jadin en marché avec un autre industriel qui vendait des cordons d'Alger : c'était un Arabe, qui nous raconta toute sa vie. Il était là pour avoir un peu tué deux juifs. Mais depuis ce temps, nous dit-il, la grâce de Dieu l'avait touché, et il s'était fait chrétien.

— Parbleu, lui répondit Jadin, voilà un beau triomphe pour notre religion !

Nous avions commencé par les exceptions, mais nous en revînmes bientôt aux généralités.

Les forçats sont divisés en quatre classes : les indociles, les récidives, les intermédiaires, et les éprouvés.

Les indociles, comme l'indique leur nom, sont ceux dont il n'y a rien à faire, ceux-là ont le bonnet vert, la casaque rouge et les deux manches brunes.

Ensuite viennent les récidives, qui ont le bonnet vert, une manche rouge et une manche brune.

Puis les intermédiaires, qui ont le bonnet et la casaque rouges.

Et enfin les éprouvés, qui ont la casaque rouge et le bonnet violet.

Les individus des trois premières classes sont enchaînés deux à deux ; ceux de la dernière n'ont que l'anneau autour de la jambe et pas de chaîne ; de plus, on leur distribue une demi-livre de viande les dimanches et les jours de fête, tandis que les autres ne sont nourris que de soupe et de pain.

Des chantiers et du port, nous passâmes dans les dortoirs : la couche des forçats est un immense lit de camp en bois, dont les deux extrémités sont en pierres. À l'extrémité inférieure qui forme rebord sont scellés des anneaux ; c'est à ces anneaux que, chaque soir, on cadenasse la chaîne que les forçats traînent à la jambe ; la maladie ne la fait pas tomber, et le condamné à perpétuité vit, dort et meurt avec les fers.

À chaque issue du bagne, deux pièces de canon chargées à mitraille sont braquées jour et nuit.

Comme j'avais des lettres de recommandation pour le commissaire de marine, il me fit, lorsqu'il eut appris que je demeurais à une demi-lieue de Toulon, la gracieuseté de m'offrir, pour mon service particulier, pendant tout le temps que je resterais à Toulon, un canot de l'État et douze éprouvés. Comme nous comptions visiter les différents points du golfe qui attirent les curieux, soit par leur site, soit par leurs souvenirs, nous acceptâmes avec reconnaissance ; en conséquence le canot fut mis à notre disposition à l'instant même, et nous en profitâmes pour retourner à notre bastide.

En nous quittant, le garde-chiourme nous demanda nos ordres comme aurait pu faire un cocher de bonne maison. Nous lui dîmes de se trouver le lendemain à neuf heures du matin à notre porte. Rien n'était plus facile que d'obéir littéralement à cet ordre, notre bastide baignant ses pieds dans la mer.

Du reste, il serait difficile d'exiger de ces malheureux forçats un sentiment plus profond de leur abaissement qu'ils ne l'expriment eux-mêmes. Si vous êtes assis dans le canot, ils s'éloignent le plus qu'ils peuvent de vous ; si vous marchez, ils rangent longtemps à l'avance leurs jambes, pour que vous ne les rencontriez pas. Enfin, lorsque vous mettez pied à terre, et que le canot vacillant vous force de chercher un appui, c'est le coude qu'ils vous présentent, tant ils sentent que leur main n'est pas digne de toucher votre main. En effet, les malheureux comprennent que leur contact est immonde, et par leur humilité ils désarment presque votre répugnance.

Le lendemain, à l'heure dite, le canot était sous nos fenêtres : il n'y a pas de serviteurs plus exacts que les forçats ; le bâton répond de leur ponctualité, et n'était la livrée, je désirerais fort n'avoir jamais d'autres domestiques. Pendant que nous achevions de nous habiller, nous leur fîmes boire deux bouteilles de vin, qui leur furent distribuées par le garde-chiourme. Ce brave homme fit les parts avec une justesse de coup d'œil qui prouvait une pratique fort exercée du droit individuel. Il poussa même l'impartialité jusqu'à boire le dernier verre, qu'il ne pouvait diviser en douze portions, plutôt que de favoriser les uns aux dépens des autres.

Sources documentaires

Les témoignages d'anciens forçats sont nombreux : Dumas a sans doute entendu parler des *Mémoires* du bagnard Anthelme Collet, qui paraissent en 1837, ainsi que du témoignage de Jean Joseph Clémens, détenu dans différents bagnes (Toulon, Brest, puis Rochefort) de 1825 à 1847. Le forçat Pierre Coignard, qui a vécu sous l'identité d'emprunt de comte Pontis de Sainte-Hélène, est également très connu[1]. Mais le plus célèbre est sans doute François Vidocq, dont les *Mémoires* sont publiés en 1828[2].

Une source mérite d'être tout particulièrement soulignée : Hubert Lauvergne, médecin au bagne de Toulon et ami de Dumas, fait paraître en 1841 un texte intitulé *Les Forçats sous le rapport physiologique, moral et intellectuel, observés au bagne de Toulon*. Au chapitre VI, « Faussaires, faux-monnayeurs, forçats lettrés », Lauvergne distingue deux catégories d'individus : les « génies » et les hommes ordinaires, « demi-savants » dépourvus de « guide moral », qui ne servent que leurs « petites passions » et choisissent la contrefaçon par « amour du confortable ». Il explique ces trajectoires par les dangers de la « fausse littérature », qui donne à la jeunesse des ambitions imméritées la conduisant au crime.

Mais il y a aussi des « génies » dans ce milieu : Lauvergne s'attarde sur quelques cas, notamment celui

1. Il fait l'objet d'un chapitre des *Causes criminelles célèbres du XIXe siècle* (1827), ouvrage que Dumas a sans doute parcouru.
2. Voir n. 1 de la p. 156.

du faussaire Suttler, dont « la vie dans le monde est un roman », et qui « a fait tous les métiers pour vivre, comme Figaro, tour à tour grand seigneur ou valet ».

Le héros de Dumas emprunte à ces deux catégories : il se rattache nettement aux faussaires ordinaires sans grande envergure, mais se rapproche de Suttler par son don d'ubiquité sociale.

Source littéraire

Une nouvelle de Félix Pyat, *Pierre Lucas*, parue dans *L'Artiste* en 1832, raconte l'histoire d'un graveur sous la Révolution ; sans travail correspondant à son état, réduit à la misère, il se met à copier les assignats nouvellement mis en circulation, malgré la mention : « La loi punit de mort le contrefacteur. » Dénoncé par son complice, un vieillard (qui se révèle être son père), il est guillotiné peu de temps après. C'est une nouvelle brève, qui se présente comme l'élucidation d'une énigme : comment le nom d'un roturier se retrouve-t-il dans une liste de condamnés du tribunal révolutionnaire ? Le narrateur, après avoir échafaudé une hypothèse fausse (un fidèle serviteur mort pour ses maîtres), apprend la vérité en lisant l'acte d'accusation et « d'autres papiers ». Dumas reprend et développe cette construction dans son roman. On notera par ailleurs que *Pierre Lucas*, beaucoup plus que *Gabriel Lambert*, fait entendre une voix nettement réactionnaire (ce qui est curieux de la part de Félix Pyat) par le biais d'un narrateur qui intervient directement et condamne la Révolution, l'accusant d'avoir détruit les rapports sociaux et familiaux ; il s'en prend aussi à la Charte et à la Déclaration des droits de l'homme, fondements du régime de Juillet.

Dumas ne mentionne pas cette nouvelle, mais comme il a lui-même collaboré à *L'Artiste*, il est probable qu'il a eu l'occasion de la lire.

Nous en reproduisons ici le texte :

PIERRE LUCAS

En parcourant les registres du greffe du tribunal révolutionnaire, je m'arrêtai, je ne sais pourquoi, sur un nom de condamné, sans noble particule, et qui ne me semblait rien moins qu'aristocrate. À la lettre L, Pierre Lucas tout court, nom vilain, s'il en fut jamais, ne pouvait appartenir ni à un duc, ni à un comte, ni à un évêque en fuite ; ce nom-là allait droit à un valet de chambre ou tout au plus à un intendant d'émigré. Je pensai de suite au fidèle serviteur, resté courageusement en France pour veiller aux intérêts du maître, et tombé victime de son dévouement et de la logique rigoureuse de la loi des suspects[1]. Autrement, que faisait-il, je vous prie, ce nom roturier scandaleusement placé au milieu de la longue série des *de* qui précédaient à coup sûr la dénomination des autres victimes ? Je me représentai donc Pierre Lucas, vieillard cassé au service de son maître, domestique sûr et à toute épreuve, enfin un de ces types perdus aujourd'hui, qu'on ne retrouve plus que dans les comédies, et qui s'appellent Jérôme ou Germain, qui ont élevé leur maître et l'ont porté dans leurs bras, n'en disent pas de mal, se sont donnés à lui corps et âme, et qui mourraient pour lui comme ils vivent pour lui. Je laissai une larme à la mémoire de ces braves et loyaux serviteurs d'autrefois, que la féodalité, avec ses institutions puissantes de patronage et de seigneurie, avait faits ainsi, mais qui sont impossibles à présent avec nos principes d'égalité, de dignité humaine, à présent que l'homme vaut l'homme, que la domesticité est un métier comme la chapellerie et

1. Cette loi, votée le 17 septembre 1793, déclare suspects les ennemis présumés du régime (nobles, prêtres, parents d'émigrés) et ordonne leur arrestation.

les autres métiers, et qu'un valet vous vend ses services à peu près comme un bottier vend ses bottes, sans aucune idée de servage, d'asservissement, de dévouement à la personne, d'abnégation de soi au profit d'un autre.

La Charte a dit : « Tous les Français sont égaux devant la loi. » Voilà ce qui vous explique pourquoi votre domestique vous répond insolemment, vend l'avoine de votre cheval, boit votre vin à la cave ; pourquoi vos bottes ne reluisent pas le matin, pourquoi il lit votre journal avant vous, et porte vos chemises, enfin pourquoi vous ne pouvez garder le même domestique plus de six mois depuis la révolution. C'est que la déclaration des droits de l'homme a singulièrement agi sur le moral des serviteurs. Elle les a rendus hautains, inconstants, toujours prêts à vous mettre le marché en main.

Toutes ces réflexions politiques et philosophiques m'étaient venues à la tête à cause de ce nom étrange de Pierre Lucas, que je voyais là condamné comme noble et parmi les nobles !

Je voulus savoir ce que c'était que Pierre Lucas, et après quelques recherches, après avoir lu son acte d'accusation et autres papiers qui le concernaient, j'appris ce qui suit : Pierre Lucas n'était ni un duc, ni un comte, ni un valet de chambre. Pierre Lucas était tout simplement un graveur ! Né à Nuremberg, il avait reçu de Georges Lucas, bon graveur et mauvais père, les premières leçons de son art. Mais il avait perdu son maître de bonne heure ; car un jour son père avait disparu, laissant là femme et enfant ; et depuis bientôt quinze ans il n'avait donné signe de vie.

Cependant Pierre Lucas grandissait, et soit qu'il eût profité des principes paternels sur la gravure, soit qu'il fût lui-même organisé avec cette délicatesse de perception et cette légèreté de main si nécessaires dans cet art, il devint vite un maître à son tour, et ne pensa plus à son père, qui ne pensait pas à lui.

Sa mère mourut. Et Pierre, désormais seul au monde, n'ayant plus aucun lien d'affection, aucun devoir qui le retînt dans sa patrie, résolut de chercher fortune en France, attiré là plutôt qu'ailleurs par cette révolution bouillonnante qui faisait, comme toutes les ébullitions, crever à la surface les couches inférieures ! Mécontent de sa position dans la société allemande, épris comme un artiste d'un vif amour pour la liberté, pauvre comme un graveur, c'est-à-dire presque autant qu'un peintre, il avait voulu assister à cette rénovation politique, à ce vaste changement de peau d'un État, à ce déplacement des hommes et des choses, espérant que dans un monde qui se reconstruisait à neuf, le mérite aurait un rang, et que la fortune et les honneurs ne manqueraient pas au talent, pas plus qu'ils ne manquaient dans la vieille société germanique à la naissance et à l'intrigue.

Tout plein de ces utopies, Pierre Lucas arriva à Paris en 1793. Il ne fut pas longtemps à se désillusionner. Une nouvelle noblesse avait pris déjà la place de la vieille. Et il comprit bien que les fils ou les neveux, ou les cousins de Robespierre devaient obtenir la même faveur, sous le régime républicain, que les fils ou les neveux ou les cousins de Montmorency dans le gouvernement monarchique.

Il eut beau jeter là son burin, oublier son art, pour se faire homme politique ; il eut beau étudier nuit et jour la langue française, et se mêler aux clubs, et déclamer contre les privilèges en orateur digne d'être député de Strasbourg ; il eut beau se montrer pur jacobin, patriote désintéressé, la fortune et les honneurs ne lui arrivaient toujours pas. Mais son argent diminuait tous les jours avec une rapidité effrayante, et il s'était rouillé la main à exercer sa langue ; il ne gagnait pas un sou avec son burin depuis qu'il était venu à Paris.

Vaincu par le besoin, il se décida donc à renoncer à la tribune et à reprendre son métier. Hélas ! Nous savons comment va l'art par un temps de révolution ! et Pierre n'était plus à Nuremberg, lieu de paix, de fortune et de doux loisirs, où se trouvaient à coup sûr un vieux procureur, un conseiller aulique, un amateur de gravures enfin qui payait grassement le travail de l'artiste et le faisait vivre, lui, ouvrier de luxe.

À Paris, les boulangers seuls travaillaient alors, et même ils manquaient d'ouvrage quelquefois. Ainsi jugez si le graveur pouvait gagner son pain. Avec cela qu'il était tout à fait inconnu ! et à Paris la réputation est la première condition d'existence pour le talent. Malheureusement ceux qui savaient qu'il existait au monde un Pierre Lucas, ne le connaissaient que comme un orateur de club, qu'ils croyaient vendu ou tout au moins refroidi depuis qu'il ne montait plus à la tribune. De façon que si l'on demandait : Connaissez-vous Pierre Lucas l'orateur aux Jacobins ? on répondait : Ah, oui, ce petit graveur allemand ! Et lorsqu'on demandait : Connaissez-vous le graveur Lucas ? on répondait : Ah, oui ! cet Allemand orateur aux Jacobins ! Avec ce cumul de réputations, Pierre Lucas tomba peu à peu dans la misère la plus profonde. Pour les âmes ardentes et passionnées, il n'y a qu'un pas de la misère au crime ! Pierre fit ce pas.

En ce temps, on ne battait pas monnaie en France ; on l'imprimait. Le papier avait remplacé le métal, et les assignats valaient encore la peine d'être contrefaits ! Pierre Lucas, un jour qu'il était sans pain et sans ouvrage, conçut une mauvaise pensée en tenant dans ses mains son dernier assignat de cinq francs. Peut-être pour lui n'était-ce qu'une pensée d'artiste ? Vous en jugerez. Tout en examinant son dernier assignat, Lucas, depuis une heure, laissait aller son burin sur une planche ; et il se trouva qu'au bout d'une heure ce burin, promené au hasard sur la planche, y avait tracé une copie admirablement fidèle du dernier assignat de cinq francs !

Tout à coup Pierre s'arrêta, étonné, presque effrayé de l'exactitude de la copie ; puis il tomba dans une méditation profonde ; puis il prit convulsivement le cuivre, le plaça avec soin dans un des pans de son habit, et sortit de son atelier.

Il se rendit à un cabaret où il avait l'habitude de vivre dans une société de gens de probité au moins équivoque, avec lesquels la misère l'avait lié.

Il rencontra là, à la table la plus chargée de bouteilles, celui des habitués qu'il connaissait le plus intimement, un de ces hommes comme on en trouve dans toutes les grandes villes, et dont on ne connaît ni le nom ni l'adresse, qui vivent on ne sait pourquoi, on ne sait comment, et qui ne savent pas eux-mêmes pourquoi ni comment ils vivent.

Cet homme était âgé très certainement, comme dit Byron quelque part, c'est-à-dire qu'il avait soixante ans passés ; ses cheveux étaient gris, son œil était gris ; il parlait mal le français : tout annonçait en lui un être existant au jour le jour, sans regret du passé, sans souci de l'avenir, ne demandant pas à savoir le nom de ses amis, parce qu'il ne leur donnait pas le sien.

Il ne connaissait Lucas que de vue, pour avoir trinqué avec lui, pour lui avoir fait payer à boire au cabaret ; ne s'inquiétant d'ailleurs ni d'où il venait, ni où il allait ; ignorant tout à fait et son nom et son origine, l'ayant pris comme il s'était présenté, en patriote, en artiste, en buveur ! C'était plus qu'il n'en fallait pour qu'une mutuelle sympathie s'établît promptement entre lui et le graveur allemand.

Quand Lucas entra, son ami l'appela à sa table et emplit un verre qui n'avait pas encore servi !

— À ta santé, Lucas ! et vive la république !

Et ce toast avait été prononcé avec un accent tudesque qui changeait les *v* en *f* de sorte qu'on entendait *fife la république !*

Lucas répondit au toast en levant les yeux au ciel, avec l'air triste de celui qui est misérable, et qui se sent moins fort que la misère.

— Qu'as-tu donc ? lui dit le gai compagnon.

Lucas raconta qu'il mourait de faim, qu'il était sans ressources, ne possédant plus qu'un assignat de cinq francs pour toute fortune… Il n'avait pas encore parlé de la planche…

— Diable ! je te plains, jeune homme, reprit le vieillard. Mais n'avez-vous pas quelque métier, ou sinon quelque moyen de gagner de l'argent ? Je dis de l'argent, pardon : c'est une vieille habitude ; il n'y a plus d'argent en France, il y a du papier !

Après quelques minutes du silence le plus profond, Lucas, regardant son convive en face, lui dit à voix basse : « J'ai bien là dans ma poche un moyen sûr… si vous vouliez être de moitié dans l'entreprise... Mais il faut le plus grand secret... »

Le vieillard étonné le pressa vivement de s'expliquer. Et voilà que mon graveur tire mystérieusement de sa poche la planche fatale, la développe et la montre à celui qu'il allait prendre pour complice...

Le travail de l'artiste était merveilleux ; l'encadrement d'arabesques avait été exécuté avec un aplomb et une exactitude qui auraient trompé l'œil d'un employé au Trésor. *Liberté, égalité, fraternité ou la mort* ; *République française, une et indivisible* ; tout cela était écrit selon les proportions du modèle ; le médaillon renfermant la France, la liberté, femme antique coiffée du bonnet phrygien, le peuple déguisé en Alcide[1] ou en fort de la halle, et les autres emblèmes, tout cela était rendu avec une habileté, une patience allemandes.

Une joie sombre éclata dans les prunelles du vieillard à la vue de cette contrefaçon ; tout d'abord il regarda la planche, comme un pauvre regarde un écu ; puis un autre sentiment se peignit bientôt sur son visage ; un sentiment d'admiration, par exemple, qui s'empare de l'artiste devant un chef-d'œuvre. C'est que l'exécution de cette planche renfermait des secrets que le vieillard semblait comprendre, des tours de force, des roueries du métier, qu'en argot d'atelier on appelle *chique* et *ficelles* !

— Vous êtes habile ! s'écria-t-il après avoir longtemps examiné. Vous n'avez pas appris la gravure en France ?

— Non !

— Je le vois bien !

Et il jeta de nouveau les yeux sur le dessin.

— C'est beau ! mais il y manque quelque chose, ajouta-t-il.

— Quoi donc ? s'écria Lucas comme blessé dans son amour-propre d'artiste.

— Oh, rien ! Tenez, prêtez-moi votre dernier assignat ; vous avez oublié de mettre ceci : « La loi punit de mort le contrefacteur » !

---

1. Hercule.

À ces mots, Lucas recula épouvanté !… Sa pensée d'artiste n'avait pas été jusque-là. Il avait bien tout contrefait, les faisceaux et la hache, la valeur de l'assignat, les figures, les symboles, les arabesques, jusqu'à la terrible devise républicaine, et son burin avait machinalement obéi moitié à un instinct d'artiste, moitié au cri de la misère ; mais il n'avait pas encore accompli le crime, il n'avait pas encore fait la fausse monnaie : il manquait une sanction à l'assignat, sanction fatale ; il fallait que l'artiste, pour consommer le crime, en traçât lui-même la condamnation.

— Vous avez raison ! dit l'artiste au vieux convive. Je vais achever… attendez-moi.

Et il rentra dans son atelier. Les éloges du vieux l'avaient perdu !

Il se remit donc à l'ouvrage. Et sur un fond noir il traça à blanc sa propre sentence, lettre par lettre, épelant ainsi son arrêt de mort !

« La loi punit de mort le contrefacteur. »

Sa main était ferme, aucune lettre ne fut tremblée. Le dernier mot de cette phrase était écrit en majuscules ! Je vous demande un peu quelle affreuse pensée dut passer par la tête du graveur alors qu'il burinait sa mort !

Quand il eut mis le point à la phrase, il se mit à confronter le modèle et la copie. Il manquait quelque chose encore à la planche, le pendant de la phrase terrible :

« La loi récompense le dénonciateur ! »

Un sourire amer perça à travers les lèvres serrées de Lucas ! On eût dit que la main de l'artiste refusait d'écrire cette immoralité déshonorante pour une nation.

Il acheva.

Il retourna au cabaret, où l'attendait impatiemment le vieillard !

— C'est fait ! s'écria-t-il en entrant.

Quelques semaines après, on lisait dans *Le Moniteur* : « Le public est prévenu que de faux assignats sont en circulation depuis plusieurs jours : gravés avec beaucoup d'exactitude, ils ne peuvent être reconnus seulement qu'à l'épaisseur du papier. »

Depuis ce temps aussi, Pierre Lucas n'allait plus au cabaret ; le vieillard non plus. Pierre Lucas avait quitté son triste atelier, et était revenu à la tribune des Jacobins, non pas en veste courte et mal soignée comme autrefois, mais vêtu, poudré, peigné, à exciter l'envie de l'élégant Robespierre ! C'était à présent le petit-maître de la Terreur, toujours vêtu à la dernière mode, avec les cheveux longs, le ruban large au chapeau de pluche noire, l'habit aux basques libres et flottantes, et la cravate montée jusqu'aux narines !

Saint-Just même l'avait félicité sur la largeur de ses boucles d'oreilles !

Il paraît que la planche avait servi ! et le tirage des épreuves *était bien venu* !...

Le vieillard, complice de Lucas, avait exploité aussi tant qu'il avait pu cette fausse mine ; mais il comprit vite qu'il était dangereux d'en continuer l'exploitation. Déjà les soupçons planaient secrètement sur Lucas et sur lui, et pour les détourner de sa tête, il les concentra tous par dérivation sur celle de Lucas ; et, se souvenant de la dernière phrase que Lucas avait tracée sur la planche, il alla le dénoncer comme contrefacteur !

Bientôt Lucas fut saisi et renfermé à la prison de l'Abbaye, je crois.

Il avait été arrêté comme prévenu du crime de fausse monnaie ! Mais une fois en prison, au milieu des détenus politiques, Lucas avait été oublié, en tant que faux-monnayeur ! et là il avait été transformé en aristocrate, en conspirateur, en suspect, et l'artiste allemand, le pauvre graveur, le faux-monnayeur misérable, avait été compris un matin dans une fournée de nobles victimes !

Amère dérision ! Lui, pauvre ouvrier, que la faim avait poussé au crime, que la faim avait jeté sur la sellette, lui qui était parti pour la France dans son élan d'amour pour la sainte liberté, lui, malheureux et patriote, se trouvait donc emporté par le même flot de sang que les riches et les nobles !

Voilà comment son nom ignoble se trouvait si singulièrement déplacé au rang des proscrits ! voilà comment Pierre Lucas était égaré entre le marquis de Luciennes et le comte de Louviers !

Du reste la dénonciation qui l'avait fait condamner était signée *Georges Lucas*, graveur, né à Nuremberg, naturalisé français, et membre du club des Jacobins !

Le contrefacteur avait été puni de mort, et le dénonciateur ne fut pas récompensé !

En toile de fond : les grands débats de l'époque

Gabriel Lambert n'est pas un texte engagé. Il n'aborde que de biais les débats majeurs qui mobilisent les contemporains (réforme des prisons et des bagnes, peine de mort, suicide). La chronologie explique sans doute cette discrétion : il peut sembler redondant de réactiver des thèmes largement traités quelque dix ans plus tôt. Mais cette neutralité est néanmoins significative, à une époque où les romanciers se servent volontiers de leurs œuvres comme d'une tribune pour défendre leurs positions.

Le duel

Sous l'Ancien Régime, le duel, apanage de la noblesse, est combattu par le pouvoir monarchique qui y voit un trouble pour l'ordre social et une survivance de la féodalité. Plusieurs édits l'interdisent formellement. Richelieu est adepte d'une répression implacable ; les rois prononcent lors de leur sacre un serment spécifique, s'interdisant de faire grâce aux duellistes. La Révolution tente d'éradiquer cette pratique, mais l'abolition des privilèges et le principe d'égalité lui redonnent paradoxalement une certaine vigueur. Elle jouit par ailleurs d'une ambiguïté juridique : Napoléon l'interdit, mais le code pénal de 1810 n'en fait pas mention.

Sous la Restauration et la monarchie de Juillet, le débat reste vif : réglé par des conventions entre deux parties consentantes, le duel est-il assimilable à un homicide de droit commun ? Par ailleurs, en démocratisant la notion d'honneur, il apparaît comme un droit, une affirmation suprême de l'individu face à une société perçue comme de plus en plus anonyme et standardisée. Il traduit aussi la méfiance d'une bonne partie des Français envers la justice, jugée partiale et peu efficace, et leur nostalgie pour les rituels des sociétés prémodernes. Plusieurs projets de loi sont cependant déposés contre lui, et les officiers de police, s'ils soupçonnent des préparatifs, ont pour consigne d'empêcher les combattants de passer à l'acte. Cette répression modérée, avec dans certains cas des suites judiciaires, ne produit pas grand effet : les duels se multiplient et deviennent des événements mondains.

Dumas s'est battu plusieurs fois, sans conséquences graves. Dans ses romans contemporains, le duel apparaît comme un moment décisif de l'initiation du héros. Parfois, le combat singulier est remis en question : dans *Monte-Cristo*, le comte juge cette pratique stupide et aléatoire. Salvator, le héros des *Mohicans de Paris*, la rejette également. Dans *Gabriel Lambert*, au contraire, c'est un point de vue aristocratique et conservateur qui est adopté : le duel se veut réservé à une certaine élite et apparaît comme le révélateur de la valeur (ou de la nullité) de l'individu.

Le bagne et la prison

Il faut distinguer le bagne, remplaçant les anciennes galères, de la prison fermée. Il y a alors en France trois grands bagnes (Brest, Rochefort et Toulon), où les condamnés travaillent aux chantiers navals. Les forçats s'y rendent à pied en chaîne jusqu'en 1836 ; ensuite, et c'est un adoucissement de leur peine, ils sont transférés en fourgons cellulaires. Ils sont constamment enchaînés deux à deux. Dans la seconde moitié du siècle, les bagnes métropolitains sont remplacés par les bagnes coloniaux. Toulon ferme en 1873.

Au XIXe siècle, le bagne suscite une réflexion opposant ceux qu'on appelle les philanthropes, qui insistent sur la nécessité de rééduquer le criminel, et un clan plus répressif qui met l'accent sur la protection de la société. Pour les premiers, les bagnes et les prisons, loin d'améliorer le délinquant, le rendent encore plus irrécupérable. Certains préconisent un système d'isolement cellulaire, au moins partiel ; c'est notamment la position de Vidocq[1], qui connaît la situation pour l'avoir vécue. D'autres insistent sur la nécessité de l'instruction en prison. Pour les seconds, l'enfermement doit avoir une valeur dissuasive, et le problème tient au relâchement de la discipline, surtout au bagne : tout adoucissement des peines est un danger. Ils pointent en particulier la complicité qui unit selon eux les surveillants et les forçats. Tocqueville, qui ne fait pourtant pas partie de cette mouvance, dira la même chose après avoir visité le bagne de Toulon en 1832. Il remarque cependant que la santé des forçats est meilleure que celle des prisonniers détenus dans les centrales.

Le bagne acquiert droit de cité dans la littérature, illustré notamment par la fameuse scène du ferrement[2] ; c'est un passage célèbre du *Dernier Jour d'un condamné* de Hugo (1829). Dumas traitera lui aussi cet

---

1. Voir *Les Voleurs*. 2. Avant le départ pour le bagne, les forçats sont ferrés deux par deux dans la cour de la prison.

épisode dans *Les Mohicans de Paris* (1859)[1], mais sur un mode ironique et distancié ; dans *Gabriel Lambert*, le bagne ne fait pas l'objet d'une critique poussée, ni d'un plaidoyer pour son humanisation.

La peine de mort

Le débat est relancé par Hugo (*Le Dernier Jour d'un condamné*, 1829), puis par Nodier (*Histoire d'Hélène Gillet*, 1832). Après 1830, on enregistre un changement notable : les tribunaux prononcent moins de peines capitales, et Louis-Philippe gracie assez largement les condamnés à mort. À partir de 1832, les exécutions, si elles restent publiques, sont reléguées à la barrière Saint-Jacques, pour limiter l'affluence des spectateurs. Le débat rebondit après l'attentat de Fieschi contre le roi (1835) : les partisans du châtiment suprême incriminent l'adoucissement des peines, qu'ils rendent responsable de la recrudescence de la violence. Les adversaires s'attachent à démontrer son inefficacité. Brochant, l'avocat de Lacenaire[2], conteste le caractère dissuasif de la guillotine pour son client ; selon lui, la perspective d'un emprisonnement à vie l'aurait été bien davantage. C'est la position des partisans du régime cellulaire d'isolement, en vigueur aux États-Unis (Tocqueville et Beaumont[3]).

---

1. Il met en scène dans ce roman un forçat surnommé l'Ange Gabriel, qui est une survivance de Gabriel Lambert. **2.** Voir préface, p. 18. **3.** En 1831, Alexis de Tocqueville et Gustave de Beaumont sont chargés par le gouvernement français d'aller étudier le système pénitentiaire des États-Unis. Après un séjour sur place de près d'un an, ils publient ensemble *Du système pénitentiaire aux États-Unis et de son application en France* (1833). De ce voyage naîtra également l'ouvrage célèbre de Tocqueville, *De la démocratie en Amérique*.

Dumas est-il abolitionniste ? En matière politique, certes, comme en témoigne *Les Mille et Un Fantômes* (1849) qui reflète le traumatisme de sa génération, obsédée par l'image de la guillotine et les souvenirs sanglants de la Terreur. Sa position est beaucoup moins ferme (contrairement à Hugo) en ce qui concerne les condamnés de droit commun. Il s'exprime dans un certain nombre d'articles parus en 1862-1863 dans *L'Indipendente*, son journal napolitain, à l'occasion du procès d'une bande d'assassins qui ont bénéficié, contre toute attente, de circonstances atténuantes. Ce verdict étonnant déclenche son indignation ; l'abolition, selon lui, doit être le résultat logique de la civilisation, mais ne pas s'appliquer artificiellement à certaines contrées qui ne sont pas mûres pour un tel changement.

Dans *Gabriel Lambert,* la peine de mort est remise en question parce qu'elle est jugée disproportionnée ; mais l'angoisse de Gabriel et son espoir d'échapper à la guillotine pour le bagne suscitent le mépris du narrateur et des autres personnages. Sa réaction est présentée comme celle d'un lâche, d'un anti-Lacenaire, incapable d'affronter bravement l'échafaud, préférant mourir à petit feu dans une existence indigne.

Le suicide

Dans la première moitié du siècle, des épidémies de suicides bouleversent l'opinion. Ils ne sont pas motivés prioritairement par le désespoir amoureux (comme dans *Les Souffrances du jeune Werther* de Goethe), mais par la misère sans remède dans laquelle sont plongés des jeunes gens, issus des classes moyennes ou modestes, qui ont échoué à se faire une position grâce à la littérature ou aux arts. Ces circonstances amènent à considérer cet acte avec plus d'indulgence. La position chrétienne traditionnelle (le suicide est un péché mortel, signe d'un monde matérialiste qui a perdu ses repères spirituels) est incarnée par l'évêque Guillon, dont les *Entretiens sur le suicide* (1802) viennent d'être réactualisés en 1836 ; elle débouche sur une condamnation sans appel. Mais une autre idée prend corps, pointant la responsabilité de la société : le suicide est alors considéré comme un phénomène social, et non plus comme le résultat d'une défaillance individuelle. Balzac, notamment, développera cette idée dans des articles (*La Chronique de Paris*, 10 janvier 1836) et dans ses romans dont voici un extrait révélateur : « Le suicide est l'effet d'un sentiment que nous nommerons, si vous voulez, *l'estime de soi-même* pour ne pas le confondre avec le mot *honneur*. Le jour où l'homme se méprise, le jour où il se voit méprisé, le moment où la réalité de la vie est en désaccord avec ses espérances, il se tue et rend ainsi hommage à la société devant laquelle il ne veut pas rester déshabillé de ses vertus ou de sa splendeur[1]. »

La société est coupable, selon Balzac, parce que, ayant diffusé largement une instruction inappropriée, elle a fabriqué des « capacités sans emploi » et a fait naître de faux espoirs parmi des jeunes gens d'origine modeste qui se retrouvent donc coincés entre le crime ou le suicide. Il ne s'agit pas pour autant de faire l'apologie du suicide, mais de lever l'accusation de crime qui pèse sur le suicidé. « Les mœurs fabriquent incessamment des capacités qu'elles envoient mourir à l'entrée de carrières obstruées ; car, chaque année, les prétentions et les prétendants augmentent sur une arène qui ne s'agrandit pas. Voulez-vous que les gens de talent élevés par vos collèges, échauffés par vos cours

1. *Illusions perdues,* IIIe partie. Voir aussi la Ire partie de *La Peau de chagrin*.

en Sorbonne ou au Collège de France, redescendent à la charrue dont vous les tirez ? Ils meurent, Monseigneur, faute de pain et vous leur demandez : Pourquoi mourez-vous ? Ils meurent après mille tentatives inutiles, après avoir essuyé mille refus ; ils meurent pour ne pas aller finir au Mont-Saint-Michel comme conspirateurs républicains, ou à l'échafaud comme assassins[1]. »

Dumas intervient (plus tard) dans ce débat : dans *Mes mémoires* (chapitre CVI), mentionnant le suicide de Victor Escousse et Auguste Lebras, deux jeunes dramaturges qui s'asphyxient après l'échec d'une de leurs pièces de théâtre, il fait entendre un discours assez dur, refusant d'idéaliser les désespérés (alors que bon nombre d'écrivains reconnus rendent des hommages posthumes à leurs jeunes confrères malchanceux). « Je ne crois pas au talent ignoré, au génie inconnu, moi. Il y avait des causes pour que Gilbert et Hégésippe Moreau mourussent à l'hôpital. Il y avait des causes pour que s'asphyxiassent Escousse et Lebras. C'est dur à dire, mais ni l'un ni l'autre de ces deux pauvres fous, s'il eût vécu, n'eût eu, au bout de vingt ans de travail, la réputation que leur valut l'épitaphe de Béranger[2]. »

Dans son univers romanesque, la dimension collective du geste est peu traitée ; la société n'est jamais présentée comme responsable d'une situation sans issue. La tentation du néant (souvent pour des motifs sentimentaux) est une épreuve que traversent victorieusement ses héros, ce qui équivaut à prendre position contre le suicide. Mais ceux qui succombent (Cécile,

1. *La Chronique de Paris*, 10 janvier 1836. 2. Le poète Béranger a consacré à Escousse et à Lebras un long poème, que Dumas cite au chapitre CLXXIX de *Mes mémoires*, avant de relater plus longuement (et avec une certaine émotion) ce double suicide au chapitre CCXVI.

Bragelonne) suscitent néanmoins une profonde empathie. Le ton est différent dans *Gabriel Lambert* où ce geste, loin d'être condamné, apparaît comme une ultime occasion de courage pour en finir avec une existence indigne et débarrasser la société d'un poids inutile. Le héros, qui recule devant cette extrémité, fait l'objet d'un discours sarcastique, ôtant à sa fin toute dimension pathétique. La brièveté et la distanciation avec lesquelles l'épisode est rapporté le cantonne à la dimension d'un fait divers insignifiant.

Gabriel Lambert, du roman au théâtre

Comme pour bon nombre de ses romans, Dumas envisage une version théâtrale de *Gabriel Lambert*. Alors qu'il a écrit le roman seul, il rédige la pièce avec un jeune collaborateur, Amédée de Jallais, ce qui est tout à fait courant à l'époque : l'écriture théâtrale est souvent une écriture collective.

La pièce, représentée à l'Ambigu le 16 mars 1866, n'aura que 23 représentations ; elle sera cependant reprise en 1868 au théâtre Beaumarchais.

L'intrigue subit quelques modifications : comme il est difficile au théâtre de faire passer une rétrospection, la pièce adopte un ordre chronologique. Elle s'ouvre sur un prologue, qui se situe dans la ferme des Lambert et reprend de nombreux éléments exposés au chapitre X du roman : l'histoire entre Gabriel et sa fiancée (qui ici s'appelle Louise), le candidat à la députation qui cherche un secrétaire (Gabriel est attiré par sa fille, Diane, qui représente pour lui une possibilité d'ascension sociale)…

L'acte I se situe à Paris, chez ce personnage, qui donne un bal ; Gabriel y paraît sous le nom d'Henry de Faverne, rencontre un rival malheureux en amour, et est dénoncé par Olivier d'Hornoy, avec qui il se bat en duel. Le personnage du narrateur Dumas ne figure plus dans la pièce. Les actes II et III se déroulent chez

Fabien et chez Faverne, poursuivi par l'amour de Diane et de Louise Granger, qui essaye de le ramener au village. L'acte III se clôt sur l'arrestation du faussaire. L'acte IV reprend les épisodes décrits aux chapitres XVII et XVIII, le cachot, la grâce… Évidemment, la scène avec le roi Louis-Philippe n'est pas représentée. L'acte V s'inspire du chapitre I du roman : la scène est à Toulon. Diane, qui y a loué une villa, a recours à une barque manœuvrée par des forçats pour ses déplacements. Parmi eux se trouve Gabriel (qu'elle croyait mort). Ne supportant pas la honte d'être reconnu, il se suicide avec l'aide de son complice Gaspard. La dernière scène voit Diane, ainsi que Louise, à genoux sur la plage et priant pour l'âme de Gabriel.

La construction de la pièce obéit à une logique d'augmentation du nombre des personnages importants sur le plan dramatique : simplement mentionnés dans le roman, l'homme politique et la riche fiancée sont représentés ; deux femmes gravitent autour du héros, et lui-même est « doublonné » par le bandit Gaspard, qui apparaît dès le prologue et se fait son mauvais génie. Comme Rossignol, dont il joue le rôle au dernier acte, il s'inscrit dans le registre comique.

Le personnage de Gabriel subit une réécriture importante : davantage porté sur l'introspection, il entre également dans le registre sentimental, ce qui n'était pas le cas dans le roman ; son hésitation entre les deux femmes ne s'explique pas uniquement pour des motifs intéressés, si bien qu'il devient plus attachant pour le spectateur.

Longue et moralisatrice, la pièce est beaucoup moins réussie que le roman. Les critiques la condamnent presque unanimement, mais pour une raison opposée : eux la trouvent immorale, comme le montre l'article du *Siècle* (19 mars 1866) : « Ce n'est pas seulement l'abjection du héros qui étonne, ce qui afflige surtout, c'est la molle indulgence des personnages honnêtes pour ce coquin. [...] Comment a-t-on pu croire que l'on s'intéresserait aux exploits d'un pareil héros ? Qu'on écouterait ses gémissements dans son cachot ? Qu'on supporterait sa vue au bagne ? » À ce propos, le témoignage du rédacteur du *Figaro* (daté du 23 mars) est intéressant : il nous apprend que « la mise en scène et l'uniforme du bagne, qui avaient compromis le succès de la première représentation, ont été modifiés aux représentations suivantes ». On trouve parfois des témoignages plus favorables, motivés par la camaraderie : ainsi Nestor Roqueplan[1] rédige dans *Le Constitutionnel* (19 mars) un article modéré, dans lequel il assimile la pièce à « un mélange où de brillantes pépites voisinent avec d'épaisses scories ». Il critique surtout le jeu des acteurs et la distribution, jugeant que Lacressonnière, un des acteurs fétiches de Dumas, est beaucoup trop âgé pour le rôle-titre. La pièce est éditée chez Michel Lévy en 1866.

1. Voir n. 3 de la p. 60.

CHRONOLOGIE

L'ENFANCE ET L'ADOLESCENCE (1802-1822)

1802 *24 juillet* : naissance à Villers-Cotterêts d'Alexandre Dumas. Son père, Thomas Alexandre Dumas, fils d'une esclave de Saint-Domingue et du marquis Davy de la Pailleterie, est général de l'Empire. Sa mère, Marie Louise Élisabeth Labouret, appartient à la petite bourgeoisie campagnarde.

1806 Mort du général Dumas. Enfance et jeunesse du jeune Alexandre à Villers-Cotterêts.

1811-1813 Sommaires études avec un précepteur, puis au petit collège de l'Abbé Grégoire : calcul, latin, calligraphie et maniement des armes.

1816 Il devient clerc de notaire.

L'ARRIVÉE À PARIS (1823-1828)

1823 Dumas s'installe à Paris après avoir obtenu, grâce à la recommandation du général Foy, une place de secrétaire surnuméraire du duc d'Orléans.

1824 Naissance de son fils Alexandre dont la mère, Anne Catherine Laure Labay, est blanchisseuse, et voisine de palier de Dumas.

1825 *La Chasse et l'amour*, pièce écrite en collaboration avec Adolphe de Leuven et James Rousseau, est jouée à l'Ambigu-Comique.

1826 Première de *La Noce et l'enterrement*, pièce écrite en collaboration avec Hippolyte Lassagne, à la Porte-Saint-Martin.

1828 *Christine à Fontainebleau* est reçue à la Comédie-Française, mais non représentée.

Réussites et échecs au théâtre (1829-1843)

1829 *10 février* : première triomphale d'*Henri III et sa Cour*, en présence du duc d'Orléans et de sa famille. À partir de ce moment, Dumas est un auteur reconnu.

1830 *25 février* : Dumas participe à la bataille d'*Hernani*. Avec enthousiasme, il prend part aux événements de Juillet. Il est encore (pour peu de temps) en bons termes avec le nouveau roi des Français.

1831 *10 janvier* : *Napoléon Bonaparte* à l'Odéon. *3 mai* : triomphe d'*Antony* à la Porte-Saint-Martin. *20 octobre* : *Charles VII et ses grands vassaux* à l'Odéon. *10 décembre* : *Richard Darlington*. *5 mai* : naissance de sa fille Marie, dont la mère, Belle Krelsamer, est comédienne.

1832 *6 février* : *Térésa*. *4 avril* : *Le Mari de la veuve*. *29 mai* : *La Tour de Nesle*. *28 août* : *Le Fils de l'émigré*. Le choléra ravage Paris. Atteint en *avril*, Dumas se rétablit en *mai*. Au cours de l'*été*, il entreprend un grand voyage dans les Alpes et en Suisse ; il en publiera le récit dans *La Revue des Deux Mondes*.

1833 *30 mars* : Dumas donne un grand bal costumé pour le carnaval, où il reçoit le Tout-Paris artistique. *28 décembre* : succès d'*Angèle* à la Porte-Saint-Martin.

1834 *7 mars* : succès mitigé de *La Vénitienne*. *2 juin* : échec de *Catherine Howard.*

1835 Voyage dans la péninsule italienne et en Sicile avec la comédienne Ida Ferrier et le peintre Jadin. Ce voyage débute en *mai* par un séjour à Toulon, au cours duquel il visite le bagne.

1836 *30 avril* : échec de *Don Juan de Marana* à la Porte-Saint-Martin. *31 août* : première de *Kean* aux Variétés. *Juillet* : il commence à collaborer à *La Presse*, le journal d'Émile de Girardin, où il fait paraître *Murat*.

1837 La production théâtrale (*Piquillo*, opéra-comique, *Caligula*, tragédie, tous deux écrits en collaboration avec Nerval) n'est plus dominante. *Pascal Bruno* dans *La Presse* ; *Impressions de voyage en Suisse* dans *Le Figaro*, puis chez Dumont.

1838 *21 mai* : succès du *Bourgeois de Gand* à la Comédie-Française. Mais Dumas se tourne dans d'autres directions. *Mars-juin* : plusieurs romans, dont *Pauline* et *Le Capitaine Paul*. *Août* : voyage en Belgique et en Allemagne. *Septembre-novembre* : les *Excursions sur les bords du Rhin* paraissent dans *La Revue de Paris*. *Novembre* : il fait la connaissance d'Auguste Maquet, qui deviendra son collaborateur attitré.

1839 Sur le plan théâtral, gros succès de *Mademoiselle de Belle-Isle* à la Comédie-Française, en *avril*, mais dans le même temps, échec de *Léo Burckart* à la Porte-Saint-Martin. Sur le plan romanesque et historique, *Vie et aventures de John Davis*, *Le Capitaine Pamphile*, *Les Crimes célèbres*.

1840 *5 février* : Dumas épouse la comédienne Ida Ferrier. *Fin mai* : ils partent pour Florence, où ils resteront neuf mois. Dumas se consacre au récit de voyage (suite des *Excursions sur les bords du Rhin, Le Midi de la France*, *Une année à Florence*) et au roman (*Mémoires d'un maître d'armes*, écrit en collaboration avec Grisier).

1841 *Juin* : succès mitigé d'*Un mariage sous Louis XV* à la Comédie-Française. *Le Chevalier d'Harmental*, un des premiers romans écrits en collaboration avec Maquet. *Le Speronare*, souvenirs de son voyage en Sicile de 1835.

1842 Dumas est à Florence ; il fait un aller et retour à Paris pour les obsèques du duc d'Orléans, dont il se sentait très proche. Sur le plan littéraire, nombreux témoignages sur l'Italie distribués entre *La Presse* et *Le Siècle* : *La Villa Palmieri*, *Le Corricolo*.

1843 *Les Demoiselles de Saint-Cyr* à la Comédie-Française : grand succès, mais échec fracassant du *Laird de Dumbicky* à l'Odéon. Un grand roman : *Ascanio*.

LE TRIOMPHE DU ROMAN HISTORIQUE (1844-1854)

1844 Année extrêmement importante pour la production romanesque : *Les Trois Mousquetaires*, *Une fille du Régent*, *Le Comte de Monte-Cristo*, *La Reine Margot* (à partir de *décembre*) paraissent en feuilleton. Ils sont tous écrits en collaboration avec Maquet. *15 mars-1er mai* : *Gabriel Lambert*, roman isolé et contemporain, écrit par Dumas seul, paraît dans *La Chronique*. Enrichi par le succès des *Trois Mousquetaires* et du *Comte de Monte-Cristo*, Dumas décide de se faire construire un château à Port-Marly, nommé Monte-Cristo.

1845 La collaboration avec Maquet continue : *Vingt Ans après*, *Le Chevalier de Maison-Rouge*, *La Dame de Monsoreau*. Continuation de *Monte-Cristo*. *Février* : Eugène de Mirecourt, un pamphlétaire dont Dumas a refusé la collaboration, publie une brochure intitulée *Fabrique de romans. Maison Alexandre Dumas et Cie*. Dumas l'attaque pour diffamation et gagne son procès. Retour au théâtre avec *Sylvandire* et *Les Mousquetaires* (adaptation de *Vingt Ans après*).

1846 *Le Bâtard de Mauléon* ; *Joseph Balsamo* (toujours avec Maquet), qui paraîtra jusqu'en 1848. *Une fille du Régent* est adaptée à la scène ; c'est désormais l'œuvre romanesque qui nourrit la production théâtrale. *Octobre-janvier 1847* : voyage en Espagne (Dumas est invité au mariage du duc de Montpensier avec l'infante Luisa Fernanda), puis au Maroc. Le récit sera publié en feuilleton l'année suivante (*De Paris à Cadix*) puis en 1848 (*Le Véloce, ou Tanger, Alger, Tunis*).

1847 *Février* : Dumas ouvre le Théâtre-Historique et y donne *La Reine Margot*, qui triomphe. Puis suivent *Intrigue et amour*, *Le Chevalier de Maison-Rouge* (adaptation du roman) et *Hamlet, prince de Danemark*. Sur le plan romanesque, *Balsamo* continue de paraître, cependant que *Bragelonne* démarre dans *Le Siècle* (*septembre*). Dumas s'installe au château de Monte-Cristo, où il organise une grande fête le *25 juillet*.

1848 *Février* : Dumas participe aux journées révolutionnaires (au même moment, *Monte-Cristo* débute au Théâtre-Historique). Il se prononce d'abord pour la régence de la duchesse d'Orléans, mais se rallie à la République quand celle-ci est proclamée (*27 février*). *Mars et juin* : il se présente à la députation en Seine-et-Oise et dans l'Yonne ; il est battu à chaque fois. Après les journées insurrectionnelles de *mai* et *juin*, son discours devient nettement plus conservateur ; directement touché par le climat ambiant, car l'agitation politique nuit gravement à la fréquentation des théâtres, il se range du côté du

« parti de l'ordre » et soutient en *novembre* la candidature à la présidence de la République de Louis Napoléon Bonaparte. *Décembre* : *Le Collier de la Reine* (suite de *Joseph Balsamo*) démarre dans *La Presse.*

1849 *La Jeunesse des Mousquetaires* au Théâtre-Historique, *Le Chevalier d'Harmental*, puis *Le Comte Hermann.* Parution dans *Le Constitutionnel* de nombreuses nouvelles fantastiques (*Les Mille et Un Fantômes*, *Un dîner chez Rossini*, *Les Gentilshommes de la Sierra Morena*, *Les Mariages du père Olifus, Le Testament de M. de Chauvelin*, *La Femme au collier de velours*). *Mars* : criblé de dettes, Dumas vend son château de Monte-Cristo.

1850 Encore une année de difficultés financières ; il est saisi de ses biens. *Pauline* (adaptation du roman) est jouée au Théâtre-Historique, puis *La Chasse au Chastre* et *Le Capitaine Lajonquière*. *20 décembre* : faillite du Théâtre-Historique. La production romanesque continue : en *janvier*, fin de *Bragelonne* ; Dumas enchaîne avec *Dieu dispose*, *La Tulipe Noire* et *Ange Pitou*, suite du *Collier de la Reine* (toujours avec Maquet).

1851 Deux drames tirés de *Monte-Cristo* : *Le Comte de Morcerf* et *Villefort*, sont joués à l'Ambigu-Comique. *Olympe de Clèves*, roman historique, paraît dans *Le Siècle*. Dumas part pour Bruxelles pour fuir ses créanciers (et non pas, comme Hugo, à la suite du coup d'État du 2 décembre). Il commence à jeter un regard rétrospectif sur sa vie : ses *Mémoires* (commencés en 1847) paraissent dans *La Presse* et à partir de *juin* remplacent *Ange Pitou* assujetti au droit de timbre.

1852 Année à Bruxelles à part un bref aller-retour à Paris pour voir son *Benvenuto Cellini* à la Porte-Saint-Martin. Dumas collabore à *L'Indépendance* *belge*. Rédaction de *La Comtesse de Charny*, suite d'*Ange Pitou*, qui paraîtra jusqu'en 1856.

1853 Au cours de brefs séjours à Paris, Dumas dirige les répétitions de *La Jeunesse de Louis XIV*, puis essaie, sans y parvenir, d'obtenir la levée de l'interdiction qui pèse sur cette pièce. Il fonde un journal, *Le Mousquetaire*, dont le premier numéro paraît le *20 novembre*. *Fin novembre* : il se réinstalle à Paris.

1854 Nombreuses chroniques dans *Le Mousquetaire*, ainsi qu'un grand roman, *Les Mohicans de Paris*, dont la parution s'étalera sur cinq ans.

Les années difficiles (1855-1868)

1855 Dumas publie essentiellement des causeries dans *Le Mousquetaire*. Pour acheter une concession perpétuelle à la comédienne Marie Dorval, morte en 1849, il écrit *La Dernière Année de Marie Dorval*, dont chaque exemplaire est vendu 50 centimes.

1856 Théâtre : l'*Orestie* à la Porte-Saint-Martin. Roman : *Les Compagnons de Jéhu* commence à paraître en *décembre*.

1857 Voyages en Angleterre (une visite à Hugo à Guernesey) et en Allemagne. *Le Mousquetaire*, accablé de difficultés matérielles, cesse et est remplacé en *avril* par *Le Monte-Cristo*, dont Dumas est pratiquement l'unique rédacteur.

1858 *Juin-mars 1859* : voyage en Russie, dont le récit paraît dans *Le Monte-Cristo* (*De Paris à Astrakan*).

1860 Voyages en Italie, navigation en Méditerranée sur son yacht l'*Emma*. Dumas rencontre Garibaldi et participe à l'expédition des Mille. D'après des notes données par Garibaldi lui-même, il écrit les *Mémoires de Garibaldi* qu'il publie dans *Le Siècle*. *Novembre* : il fonde *L'Indipendente*, dont il veut faire « le journal de l'unité italienne ». *24 décembre* : naissance de Micaëlla Josepha, fille de Dumas et d'Émilie Cordier ; Garibaldi en est le parrain.

1862 Dumas est de retour à Paris. *Le Comte de Monte-Cristo* cesse de paraître le *10 octobre*.

1863 Allers et retours entre Paris et Naples. *Décembre-mars 1865* : parution de *La San Felice* dans *La Presse*.

1864 *Les Mohicans de Paris* (la pièce, tirée du roman) a maille à partir avec la censure. Après l'intervention de Napoléon III, le drame est représenté à la Gaîté.

1865 Causeries et conférences en province. Un roman inachevé, *Le Comte de Moret*. Voyage en Autriche et en Hongrie.

1866 *Gabriel Lambert* à l'Ambigu-Comique ; c'est un échec. Voyage en Italie, alors en guerre avec l'Autriche. *Novembre* : renaissance du *Mousquetaire* sous une nouvelle forme ; Dumas en est le directeur littéraire.

1867 Encore des romans : *Les Blancs et les Bleus* paraît dans *Le Mousquetaire*, puis *La Terreur prussienne*, directement inspiré de l'actualité européenne, dans *La Situation*. *Avril* : *Le Mousquetaire* cesse de paraître.

1868 *Février* : Dumas fonde le *Dartagnan*. Nombreux articles et causeries.

La fin (1869-1870)

1869 Il commence un roman, *Hector de Sainte-Hermine*, qui restera inachevé. Il adapte pour la scène *Les Blancs et les Bleus*, représentée en *mars* au Châtelet. Ennuis de santé. Séjours en Normandie et en Bretagne. Il rédige son dictionnaire de cuisine, qui ne sera publié qu'après sa mort. *Décembre-mai 1870* : *Création et rédemption*, son dernier roman, paraît dans *Le Siècle*.

1870 *Septembre* : après un voyage en Espagne, très affaibli, il s'installe chez son fils à Puys, près de Dieppe. Il y meurt le *5 décembre*. Enterré une première fois à Neuville-lès-Pollet, près de Dieppe, son corps sera ensuite transféré en 1872 au cimetière de Villers-Cotterêts.

2002 *30 novembre* : ses cendres sont transférées au Panthéon au cours d'une cérémonie solennelle.

BIBLIOGRAPHIE

(Le lieu d'édition n'est pas mentionné quand il s'agit de Paris.)

MANUSCRIT

Le manuscrit complet de *Gabriel Lambert* se trouve à la Bibliothèque historique de la Ville de Paris, sous la cote CP 3883. Il comporte une huitaine de subdivisions (sans titre) correspondant aux chapitres I-II, III-IX, X-moitié du chap. XI, XI-début du chap. XIII, XIII-XV, XVI, XVII à la fin. Le texte est le même que celui de l'édition originale, à quelques variantes près que nous signalons en note.

ÉDITIONS DE RÉFÉRENCE

Alexandre Dumas, *Gabriel Lambert*, Hippolyte Souverain, 1844 (2 vol.), et Michel Lévy, 1856.

(Ce sont les deux éditions que nous avons utilisées pour ce travail. Nous avons modernisé l'orthographe et supprimé quelques passages à la ligne peu justifiés. Le chapitrage est celui de l'édition Lévy.)

AUTRES ŒUVRES ÉVOQUÉES
DANS CETTE ÉTUDE

BALZAC, Honoré de, *Illusions perdues*, Garnier-Flammarion, 1990.
—, *Le Père Goriot*, Garnier, Classiques Garnier, 1986.
—, *Splendeurs et misères des courtisanes*, Le Livre de Poche, 1998.
DUMAS, Alexandre, *Antony*, Gallimard, « Folio théâtre », 2002.
—, *Le Comte de Monte-Cristo*, Garnier-Flammarion, 1998.
—, *Mes mémoires*, Robert Laffont, « Bouquins », 1989.
—, *Les Mohicans de Paris*, Gallimard, « Quarto », 1998.
—, *Pauline*, Gallimard, « Folio classique », 2002.
—, *Une année à Florence*, François Bourin, 1991.
HUGO, Victor, *Le Dernier Jour d'un condamné*, *Claude Gueux*, in *Œuvres complètes*, Robert Laffont, « Bouquins », 1985.
—, *Les Misérables*, Le Livre de Poche, 2002.
STENDHAL (Henri Beyle dit), *Le Rouge et le Noir*, Le Livre de Poche, 1997.

OUVRAGES DE RÉFÉRENCE

BALZAC, Honoré de, *Traité de la vie élégante*, Clermont-Ferrand, Presses universitaires Blaise-Pascal, 2000.
BORDERIE, Régine, *Balzac peintre de corps.* La Comédie humaine *et le sens du détail*, SEDES, 2002.
DEMARTINI, Anne-Emmanuelle, *L'Affaire Lacenaire*, Aubier, 2001.
DUMAS, Alexandre, *La Peine de mort* (textes réunis par

V. Bruez et C. Schopp), cahier Alexandre Dumas n° 31, Amiens, Encrage Édition, 2004.

FRIGERIO, Vittorio, « Les deux visages de Gabriel Lambert », in *Roman-feuilleton et théâtre*, actes du colloque de Cerisy-la-Salle, Presses du centre Unesco de Besançon, 1998.

GUILLET, François, *La Mort en face. Histoire du duel de la Révolution à nos jours*, Aubier, « Collection historique », 2008.

LAUVERGNE, Hubert, *Les Forçats*, Éditions J. Million, 1992.

MARTIN-FUGIER, Anne, *La Vie élégante ou la formation du Tout-Paris*, Fayard, 1990.

—, *La Vie quotidienne de Louis-Philippe et de sa famille*, Hachette, 1992.

SCHOPP, Claude, *Alexandre Dumas, le génie de la vie*, Arthème Fayard, 1997.

THÉRENTY, Marie-Ève, *Mosaïques. Être écrivain entre presse et roman*, Champion, 2003.

—, *La Littérature au quotidien*, Le Seuil, 2007.

THOMASSEAU, Jean, *Le Mélodrame*, PUF, « Que sais-je ? », 1984.

TOCQUEVILLE, Alexis de, *L'Ancien Régime et la Révolution*, Gallimard, « Folio Histoire », 1986.

VAILLANT, Alain et THÉRENTY, Marie-Ève, *L'An I de l'ère médiatique*, Nouveau Monde Éditions, 2001.

VIDOCQ, François, *Mémoires*, suivi de *Les Voleurs* et de *Considérations sommaires sur les prisons, les bagnes et la peine de mort*, Robert Laffont, « Bouquins », 1998.

Table

Composition réalisée par PCA

Achevé d'imprimer en avril 2011 en Espagne par
Black Print CPI Iberica, S.L.
Sant Adreu de la Barca (08740)
Dépôt légal 1re publication : septembre 2009
Édition 02 – avril 2011
LIBRAIRIE GÉNÉRALE FRANÇAISE
31, rue de Fleurus – 75278 Paris Cedex 06

30/8880/4